世间美好
从遇见开始

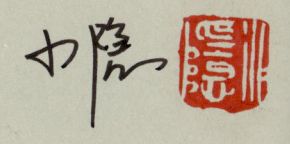

山长水远，恰好遇见

小隐 著

北京时代华文书局

图书在版编目（CIP）数据

山长水远，恰好遇见 / 小隐著 . -- 北京：北京时代华文书局，2021.1
（2021.6 重印）

ISBN 978-7-5699-4084-8

Ⅰ.①山… Ⅱ.①小… Ⅲ.①散文集－中国－当代 Ⅳ.①I267

中国版本图书馆 CIP 数据核字（2021）第 028419 号

山长水远，恰好遇见
SHAN CHANG SHUI YUAN QIAHAO YUJIAN

著　　者 | 小　隐

出 版 人 | 陈　涛
责任编辑 | 田晓辰
助理编辑 | 来怡诺
责任校对 | 张彦翔
装帧设计 | 程　慧　段文辉
责任印制 | 訾　敬

出版发行 | 北京时代华文书局 http://www.bjsdsj.com.cn
　　　　　北京市东城区安定门外大街 138 号皇城国际大厦 A 座 8 楼
　　　　　邮编：100011　电话：010-64267120　64267397

印　　刷 | 三河市嘉科万达彩色印刷有限公司　电话：0316-3156777
（如发现印装质量问题，请与印刷厂联系调换）

开　　本 | 880mm×1230mm　1/32　印　张 | 7　字　数 | 175 千字
版　　次 | 2021 年 4 月第 1 版　　　　　印　次 | 2021 年 6 月第 2 次印刷
书　　号 | ISBN 978-7-5699-4084-8
定　　价 | 49.00 元

版权所有，侵权必究

推荐序

一切的美好,都恰如其分

大隐隐于市,小隐隐于野。

世人多爱"小",总觉得"大"略显粗鄙,而"小"则代表精致。小巧玲珑,恰到好处,读来使人意犹未尽。

于是乎,"小隐"自然而然地带着一种遗世独立的清新洒脱,意蕴悠长。

我喜欢小隐,更喜欢小隐。

前者的小隐,隐于乡野,虽比隐于城市格局小一些,但对于我来说,一切都是刚刚好。

我喜欢大自然,喜欢日升日落,喜欢枝头上的那颗露珠,喜欢随风自由摇摆的稻穗,更喜欢妈妈眼中的温柔,所以我回到了浦市古镇。

从某种意义上说,我也算是小隐。

后者的小隐,是一位姑娘,她是一位"隐士"。

她从不拘泥于身居何处,城市或乡野,只要内心平和安定,周遭的喧嚣便都无大碍。

这一次，小隐也隐得恰到好处。

她隐在浮生梦中，隐在草木里，隐在江南水乡，隐在辽阔山河，将诗一般的人、二十四节气的缘、江南水乡的愁、旅行路上的言，用细腻的笔触一点一点地向世人描摹出来，展示了一幅幅无与伦比的美丽画卷。这是为了与大家分享世间美好，亦是为了证明，遇见是一件多么迷人的事。

董卿在《朗读者》中说过：从某种意义上说，世间一切，都是遇见。冷遇见暖，就有了雨；冬遇见春，有了岁月；天遇见地，有了永恒；人遇见人，有了生命。

从某种意义上说，小隐遇见了小隐，有了生活与美，便有了《山长水远，恰好遇见》。

若你恰好遇见了这本书，细细读下去，你定会发现惊喜。书里的一字一句，温暖、淡雅、熨帖、意境深远，像极了"小隐"，组合起来，就是平凡但又美好的日常，读来感觉亲切而诚恳。

虽然是小隐，可是她热爱生活，文字里饱含着对生活的热忱，所以她的文字是有温度的。书中的人、事、物，其实无一不是在写这冷暖人间。

读完这本书你便会明白，一切都是最好的安排，每一次遇见，都恰到好处，恰如其分。

当无边风月遇见神仙眷侣，便有了诗意人生；

当二十四节气遇见草木繁花，便有了岁月静好；

当吴侬软语遇见客居旅人，便有了恋恋不舍；

当山河风光遇见痴痴小隐，便有了旖旎醉人。

……

一切的美好，皆从遇见开始。

感谢小隐让我遇见这本书，让我仿佛发现了另一个自己。

我们是如此相似：她喜欢诗意的人物，我笔下也多是在尘世中把生活过成诗的人们；她喜欢苏州，我爱浦市；她喜欢旅行，记录只言片语，我是边走边拍，异曲同工之妙。读小隐的文章，仿佛回到那些年的旅拍时光，与一个个把生活过成诗的人相遇，与一对对神仙眷侣交好，用镜头和美景交流，边拍边写，边写边拍，再回到心心念念的浦市古镇，心就有了归处。

谢谢小隐。

一切的美好，从打开这本书开始。

李菁

生之喜悦,不是活成与大多数人相似的模样,而是不辜负自己的本心。

遇见

自序

人的一生会有千千万万的遇见，遇见人、遇见物、遇见情，每一次遇见都值得我们用心收藏。

我喜欢"遇见"这个词，它有着平凡、简单的好。它不是惊鸿一瞥的华丽邂逅，而是长长久久的珍重待之。

这些年，我时常心怀感恩。一路成长，从河南中部那个在地图上都难找到的小村庄，到小桥流水人家的诗意江南，有过多少美好，就有过多少遇见。

收到读者的留言："小隐，你的生活真诗情画意！"我报以微笑，沉默不语。因为我懂得，这一切不过是恰好的遇见。

我曾经中考失利，那段寂寞的雨季，我以为人生就此踏入泥潭，却不料，上帝为我开启了另一场遇见。我学习了绘画，去读职业高中，三年后，以艺术特长生的身份参加高考，最终走向明亮的大学校园。

大学毕业后，我执拗地离开故乡，只因为心中的一个江南梦。这又是新的遇见。

就是这一场与江南的遇见，让我更加勇敢，学会为梦想笨拙地努力；也是这一场与江南的遇见，我的梦想得以开花，并迎来意料之外的诗意人生。

在这座宜居的江南小城，我读书、写作、摄影、弹古筝和古琴。有幸让自己写下的文字变成铅字，呈现给更多读者，以梦为马，过着自己热爱的生活。

《山长水远，恰好遇见》是我的第三本书，这本书历时两年，书写的是散落在光阴里的故事。

这两年，我寻访隐在日子里的她们，感知季节的冷暖，记录山河的故事，追忆故乡的深情。这些美好都将在这本书里以文字、照片的形式向你徐徐展开，而这一切的起因，皆为遇见。

人与人之间有着最深的世间情谊，人与万物亦有。

当我与遇见的她们交谈时，在她们的故事里，我感到日日是好日的平凡与诗意；当我伫立在陌生的城市风景中，我与身边的建筑、草木、人群擦肩而过，那一刹那的擦肩谱写成遇见里的唯一；当我遇见季节里的冷暖，光阴成了我笔下的珍重。

生活在苏州，常觉安心。早春的柳，从鹅黄到嫩绿，倚着小桥流水；老旧的青石小巷，雨水滴滴答答地落下来，有凉凉的质地。这里的闲逸情怀，是深居简出的生活美学。苏州，我爱这座城，爱她的幽和静,爱她的诗和雅,更爱在这里千千万万的遇见。

希望手捧这本书的你,也能在文字里,遇见沧海万物之美。这一生,山长水远,恰好遇见。

小隐

庚子年冬写于苏州

梦里水乡，璧人成双 ...002

往后余生，长乐未央 ...008

穿越人山人海，只为与你执手相看 ...015

没有艺术的生活就像一口枯井 ...022

爱的语言 ...029

她建起一座心灵山谷，倾听内心的声音 ...037

所有的遇见都恰到好处 ...045

愿你出走半生，归来仍是少年 ...048

半岛拾梦，总有人天生为梦想而生 ...054

她用手中针线，绣江南烟雨如画 ...059

愿世间人，拥有世间爱 ...068

爱你，是我今生最幸福的决定 ...074

小镇爱情故事 ...079

此心安处是吾乡 ...085

第一章

所有的遇见

都恰到好处

风闲日月琴 ...094
忽而又是一年光景 ...096
日常里的一抹香气 ...100
生活里的朝与暮 ...103
白兰花爱情 ...106
深居简出,把生活归于生活 ...108
耦园住佳偶,佳偶自天成 ...111
外婆留给我一首歌 ...116
永恒的爱,落在日常里 ...124
向前走,与美好不期而遇 ...131
深到一小朵花里的爱 ...134

第二章 深到一小朵花里的爱

清迈·故乡一样的远方 ...140

扬州·梦里江南 ...148

正仪·云水禅心的小镇时光 ...158

洛阳·清净与繁华,皆为人生行旅 ...166

婺源·为自己筑一座桃源村庄 ...172

南京·缥缈金陵故梦 ...195

开封·红尘之外的烟火气 ...198

镇江·千年的故事,青石板上的足音记得 ...204

泰山·这世间,唯山河永恒 ...207

第三章 路上好时光

所有的遇见都恰到好处
第一章

生活对我们每个人的给予
都不偏不倚。
只是,有的人活得鸡飞狗跳;
有的人,却可以优雅美好。

梦里水乡，璧人成双

死生契阔，与子成说。执子之手，与子偕老。

初夏的黄昏，我坐在有茉莉花香的房间里，随意地翻阅着手中的书，看到这句诗，心中油然生出微微的感动。人间难得有情人，遇一人偕老白首，将平凡的日子过成诗般模样，这大抵是许多人的梦想吧。

大冰书中曾写道："不要那么孤独，请相信，这个世界上真的有人在过着你想要的生活。""愿你我带着最微薄的行李和最丰盛的自己在世间流浪，以梦为马，随处可栖。"

读到这些话时，我刚大学毕业，在郑州过着稳定却也沉闷的生活。我被那句"以梦为马，随处可栖"打动，毅然辞掉工作独自来到思念的水乡城市——苏州。多年后，我遇见了些新朋友，他们的故事各不相同，但人生的核心却是相似的：他们都在按照自己喜欢的方式生活着。

01

夜晚，丝丝凉意打在裸露的小腿上，从白塔东路经过平江路，穿过蔷薇巷,夜灯把植物的影子打在白墙上。晚风吹过,斑驳的影子有岁月静好的气息。我走过这样的风景,来到后芳弄,见到了这栋简约、文艺的民居。

房子是三层小楼,前面有个小院落。别看院落小,木门、花草皆有。屋后临小河,流水清澈鱼儿欢,香樟树已经有二层楼高,叶子落在水中,落在白墙上,诗意盎然。

三年前,这里还是很破旧的老房子,如今却完全变了模样,因为居住在这里的一对隐世夫妻,懂得旧物的不凡与珍贵。

女主人说:"我第一次看到这座老房子,完全是很破很旧的样子,与小巷子里的许多老苏州民居并无两样,但我很喜欢。因为这里不像城市里的高楼大厦,繁华却少了韵味。这里有家的气息,踏实、稳妥。"

尘世中的万物皆有灵性,哪怕仅仅是一座老宅。多少人一生努力只为在城市中谋求属于自己的一间屋子,但她却说,她不喜欢住在高高的电梯房里,上不接天,下不挨地,犹如在生活的夹缝里,连呼吸都充满浊气。她与这座隐在巷子里的老宅,有相互珍惜的缘。

房子的男主人是一位和田玉雕师,在平江路大儒巷上有一家小店,名字很诗意,叫"半闲居"。初听这个名字感觉好像是某个古人的名号,半闲居士,取"半闲居"三字。"闲"为浮生闲光阴,却又不是游手好闲的闲;"半"字让这份闲有了禅意;"居"是居住的意思,与"半闲"二字结合又有隐约妙意在其间。

在这间小小的工作室,他设计雕刻,她再把这些雕刻的作品进行加工,做成佩饰。她并没有学过美学与串珠设计,但她对美有独特的感知。精美的玉雕摆在那里，只是玉雕，经过她的双手，就成了漂亮的耳坠、项链等装饰品。两个人累了的时候抬起头，就能撞见彼此温柔坚定的目光。

真好啊。

他爱她，她喜欢过有院有花的简单生活，他就陪她。他们在姑苏老城区临河的小巷深处，买下了开头提到的老宅，用两年时间，把老宅改造成一座有花有院有河的诗意家园。

爱情，是在对的时间遇见对的人，相看两不厌。相爱的两个人在一起，会活成一个人，像《我侬词》中所写的那样，我泥中有你，你泥中有我。我与你生同一个衾。

她和他，就是这样的一对璧人。彼此扶持，彼此依靠，隐于一座小城，闹中取静，安心做着热爱的事情。物虽无言，但一定会懂得他们的双手轻轻拂过它时的情意，因为，那是爱情里最深刻的给予。

02

女人难修的是气质，但是，她却让我看到了女人优雅知性的模样。

初次相遇，她温婉的笑容就已住进我心里。原麻的休闲裤，上身穿着亚麻色针织开衫和T恤，长度适中的头发在耳后随意绾着。她不施脂粉，却美得自然又舒服。我突然想起歌手刘若英，不是两人长相相似，而是她们都像奶茶那样，有着温柔恬淡的气质。

走进她的家，干净、简约，女儿在沙发上安静地看着动画片，先生在厨房忙碌着晚餐，儿子晚上有补习班，早早去了老师家中。这样的一家四口，这样的家，没有富丽堂皇，但充满温暖和爱。

小小的客厅里有一个首饰架，上面挂着她的私人佩饰，不多，清爽整洁。这些佩饰都是他专门为她设计、雕刻的作品,她串珠配绳。

清凉的玉,配上菩提珠,便是可搭配毛衣的项链。简单的水滴状的玉,她做成了耳坠。这些灵气之物,配以她的素色衣衫,宛若清风朝露,清秀静雅。

"为何会想到买下这座破败的老房子去改造呢?"我随口问道。

她说:"我自小就有院落情结。那时,我在故乡生活,住在老式的三重院子里。我的父母都很会生活,虽然在乡村,但他们却把平常日子过成了陶渊明式的归园田居。我的妈妈会在院儿里种上各种各样的花木,四时不断,诗意又浪漫。也许,就是那幼年的记忆,成了我的念念不忘,后来在城市生活,我依旧希望有缘打造一座小院儿。"

我安静听着,看着眼前的她。从她的身上,我感受到温和与真诚。这大概也是来源于她小时候的家庭生活吧。

"我的爷爷读过几年私塾,他常常对我们说,做人要和善,要谦卑,要助人。"她说起家里的长辈,言语中充满敬意。

"我第一次去她家,中午吃饭时恰好有个讨饭的来,她爷爷就让讨饭的自己进屋里取食物,想吃什么拿什么。"始终微笑着倾听的他轻轻地说。

多好,一对善良美好的璧人。如今,她又把这份爱传递给儿女。十四岁的儿子乖巧懂事,小女儿活泼可爱、天真烂漫。好的家庭关系对孩子的成长有着无比重要的影响,夫妻恩爱,家庭和谐,孩子在这样有爱的环境中成长,自然会懂得爱。

"这是我们屋后河里的鱼。"她说着,翻出一张手机拍的照片。

我看到一泓碧波,几条小鱼将河水荡出涟漪。

她还给我看了春天时她带着女儿回老家的照片，那个可爱调皮的小丫头呀，正在田间专注地看一朵花开。

"春天，我在厨房做饭的时候，会把窗子打开，窗外香樟树的香气就会紧一阵慢一阵地飘进屋子里，我觉得很舒服。"她说这些话的时候，眼眸闪烁着纯净的光，我知道，那是她对每一寸时光的热爱。

女人，是家的温柔所在，一个善于发现平淡生活中点滴喜悦的女人，定会成为一个好妻子、好妈妈、好女儿。

因为爱着草木自然、世间万物，寻常的生活亦有清风明月、画意诗情。

生活对我们每个人的给予都不偏不倚，只是，有的人把生活过得鸡飞狗跳；有的人，却可以优雅美好，这其中最大的区别，大概就是感知力。她明白爱是陪伴，她能发现小风景里藏着的雪月风花，她懂得，知足常喜乐。

03

相识于那时年少，风清和，云无言。从此之后，爱的世界，同看云卷云舒、花开花谢。

他们相恋七年才走入婚姻殿堂。四年的异地，多少相思流淌在笔下，纸短情长。所谓七年之痒只不过是个说辞。经过七年的深爱，他们早已是彼此的骨中骨，剩下的唯有慢慢享受生活，珍惜这份相知相伴的缘。

嫁给他后，他的温和守护着她的浪漫，在他的面前，她像个童真的孩子。她亦用温柔回报他的宽厚，两个人携手，将柴米油盐过成诗情画意。

好的爱情，从来都不需要刻意表现。他把饭菜端上桌，为她倒上椰汁，虽然少言寡语，我却能感受到流淌的爱意，因为，他们之间的一个对望，就足以表达那绵长、朴素的爱。

两个人的时候，他常常带她去远方，高山、河流、森林、小镇，风风雨雨见证着这份爱情。归来后，他们栖居在姑苏城的宁静一隅。后来，有了儿子和女儿，他便带她和孩子一起旅行，尽管工作繁忙，他们每年还是会安排至少两次旅行。

一次次的上路让她萌生了做民宿的想法。这栋经过修缮的小楼，因为有两个房间经常空着，她觉得很是可惜，与他商量后，她开始着手安排房间的设施升级，准备做家庭民宿。

让游客在异乡找到家的感觉，是她做家庭民宿的理念。我们沿着黄褐色的木楼梯走上去，二楼的房间便是两间客房。居家，是他们共同的美好心愿，他们又将这样的心愿倾注到民宿上。在苏州这座旅游城市，民宿有很多，而且各有各的特色，而他们家的概念便是"家"。住在这里的客人，可以与主人同吃同住，三楼就是主人与孩子自己的卧房。在异乡也能感受到家庭带来的温暖，再没有比这更有意义的旅行了。

04

闹市与幽巷，繁华与素淡，是生活的两面呈现，穿过幽巷便是热闹的平江路，走进幽巷便是安静的居家生活。俗话说大隐于市，苏州，恰好能满足这样的大隐情怀。

与他们道别后，我独自踏入夜色。

一双人，一份生活，把心放好，就是喜乐。

往后余生，长乐未央

五月末，初夏，被太阳炙烤了许多天的江南终于下了雨，空气里满是植物的香气。这是一座被绿色拥抱的小城，走在街道上，雨后的夹竹桃落了一地，有粉色，有白色。抬头望着那一树树花开，突然想起席慕蓉的诗：

> 如何让你遇见我
> 在我最美丽的时刻
> 为这
> 我已在佛前求了五百年
> 求它让我们结一段尘缘
> 佛于是把我化作一棵树
> 长在你必经的路旁
> 阳光下慎重地开满了花
> 朵朵都是我前世的盼望
> ……

那一簇簇的夹竹桃，便是席慕蓉笔下开花的树吧。我走在花树下，落英缤纷，淡淡的江南小调，雅致又朴素。雨依然淅淅沥沥，河边杨柳依依。今天，我要去昆山拜访一对"90后"小夫妻，他们的故事，又将成为我笔下的文字，被更多人听闻知晓。

这场雨啊，醉了江南，美好了遇见。

01

她和他居于昆山小城，相携走过平淡时光。

身着深蓝色棉麻布衣，脸上挂着纯净真诚的笑容，她烫壶、温杯、置茶、冲泡，一连串的动作过后，袅袅茶香在房间里萦绕，恍惚之间，我以为这是宋朝的某个午后，静谧、淡雅、无言、情深。

这家小店有个好听的名字：未央。店主是一对"90后"小夫妻，高中相识相恋，大学毕业后走入婚姻的殿堂。如今，两人相依相伴，在小城守着小店，日子平淡却也充满浪漫。他们两人身上都有着雅致的气质，那是彼此深爱的印记。

未央？我若有所思，这样富有情调的名字，想来是出自她心中吧。

盛世大唐，长乐未央。浓浓的古典气息迎面而来，亦如她的人，有着古人的端庄贤淑，好似旧时的大家闺秀，而这里的"旧时"，一定在汉朝或者唐朝，唯有这两个朝代衬得起"未央"二字。

《金石索·汉长乐宫瓦》上书"长乐未央"四字。未央，意为未尽。长久欢乐，永不结束。

长久欢乐，永不结束。我细细想着这八个字，古人的祈愿与智慧，真是朴素又诗意。戎马一生，壮志凌云，但最终的归宿，亦不过是"长久欢乐,永不结束"。轰轰烈烈固然热闹,但人需要一隅清静之地,与爱的人相守相伴,这便是快乐。人生那么长,当下的分分秒秒才是值得珍藏的美好,眼前人才是此时此刻的爱之所及。

中国最早的一部诗歌总集《诗经》中亦有"未央"之词。

> 夜如何其?夜未央,庭燎之光。君子至止,鸾声将将。
> 夜如何其?夜未艾,庭燎晣晣。君子至止,鸾声哕哕。
> 夜如何其?夜乡晨,庭燎有辉。君子至止,言观其旂。

夜未央。每次读到这句,就好似唇齿之间开出一朵素雅的花,不浓烈,却芬芳长存。这首诗的名字叫《小雅·庭燎》。

她的名字,就叫小雅。未央与小雅,如同匆忙尘世里波澜不惊的江南流水,缓缓地流过有缘人的心间,引人驻足停留。

02

"她喜欢小物件,这些茶具都是她淘来的。"他说这话的时候,眼睛望向正在泡茶的她,一抹深情在他的言语间、眉目间流动。

"许多人来我们的小店,都以为是做茶的,其实,做茶只是爱好。"他又继续说。

他的声音很轻,犹如从时空中穿越而来,但每一句每一字,都像沾了梅雨的花蕊那样清澈洁净。她把冲泡好的茶为我们续上,杯底是几片青竹,茶汤在杯中,静而雅,轻轻地呷一口,味道清浅,香溢唇边。她依然浅浅地笑,酒窝亦浅浅地挂在嘴角,温柔极了。

她的身后是一个置物架,架子上摆放着各类茶具,最上面是一把折扇，扇面上是她亲手写的"长乐未央"四个字，字迹充满古意，这是她的气质。器物无声，但同样深情，在你与它相遇的刹那，会生出许多难以言说的一往情深。我想，这就叫作珍惜吧。

"这是我篆刻的印章。"她拿出两枚印章，一枚刻着"小雅"，一枚刻着"长乐未央"。

可以将热爱实现，这是许多人都向往的，但大多数人都只把爱好当作爱好，不愿付出更多去努力、去探究，所以终其一生都活在别人的喜乐中，却给自己留下诸多遗憾。

她却不然，爱，就把这份爱变成日常生活。

读书的时候，她学会计，却对艺术情有独钟。喜欢绘画和书法，就让绘画和书法走进自己的生活。

工作室的玉雕作品，皆为她设计、他雕刻。有时，她也会雕上几枚。她把对古典美学的热爱融入翡翠、美玉的设计中。一枚胸针，取名"在天愿作比翼鸟"，简单的小枝上，栖息着两只鸟儿，鸟儿相对，深情地望着彼此，爱意浓浓。

爱是什么？是柴米油盐，朝朝暮暮，眉眼之间，皆是你。

前些天看到这样一段话："往后余生，风雪是你，平淡是你，清贫是你，荣华是你，心底温柔是你，目光所至是你。"这大概就是爱情的模样吧，因为遇见的是你，无论清贫还是富贵，内心都是快乐的。

03

"让我掉下眼泪的，不止昨夜的酒；让我依依不舍的，不止你的温柔……"

熟悉的旋律飘进耳朵，他抱着吉他，轻轻拨动和弦。高中时，他是班级里唯一会弹吉他的男生，而那时的她还是个青涩懵懂的小小少女。一个白衣少年，一个清秀少女，在栀子花开的季节，相爱了。

夏天的风，吹过青绿的草地，吹过红色的操场跑道。她的长发与微笑，像五月的阳光落进他的心窝。他干净的白衬衫和轻轻飘来的琴声、歌声，从此亦住进她的脑海。云朵那样白，如同他们刚刚开始的爱情，纯净无瑕。

遇见你，是我这一生最美丽的意外。

时间在他们的身上，似乎只种下了更深的牵绊。也许，这就是"愿得一人心，白首不相离"吧。一对灵魂伴侣，因为懂得，所以慈悲。

夫妻俩曾经奔波漂泊，曾经在漫漫红尘中碌碌向前，可到底发觉初心珍贵。毕业于中国地质大学的他，热爱玉雕，热爱人与自然的那份契合。他们从上海回到昆山，守一家小店，安一隅岁月。

人与艺术之间，得靠机缘。回到家乡的他，认真钻研雕刻技艺，小小的石头在他的精心雕琢下，成为耳坠、摆件、胸针。而她把自己对美的认知，融入在作品的设计中，为一枚玉佩添上流苏或者中国结。两个人就这样相互支持，共同打理着这份小事业。

闲暇的时候，他为她弹吉他、唱歌，她为他泡茶、弹古琴。在这间小小的工作室里，她的琴和他的吉他安静地摆在一起，犹如她和他，安稳地两相依偎。

她说起古琴，眼睛里闪着光芒，开始只是单纯地喜欢，于是就去认真地学了、弹了、爱了。正是因为这样单纯的心，两个人爱得简简单单、快乐幸福。

宋代词人李之仪在《卜算子·我住长江头》里写道："只愿君心似我心，定不负相思意。"他和她的爱情，便是两心相悦，莫失莫忘。尘世间，情最难得，有人可爱，并同样被对方爱着，是最大的奇迹。世间万物，因爱而深情。

04

五月的栀子花，在枝头清清淡淡地开着。他用吉他弹《栀子花开》，她唱"光阴好像流水飞快，日日夜夜将我们的青春灌溉"。大概再多红尘烦扰，都抵不过两个人相守的时光。

我看着他们的模样，好似有人在心湖投下了一枚石子，激起阵阵涟漪，"心动"两个字跃入我的脑海。爱情，原来可以这般诗意，原来古诗词里的浪漫，在现代的生活中同样真实地存在着。

艺术，其实就是对生活的感知。她和他，都是拥有感知生活能力的人。工作室的所有装潢都由她亲手打造，窗轩、布帘、屏风，皆有古意。布帘上有手绘图案，屏风上静静开着一枝素莲，进门处的小开窗，很有江南园林特色，她摆了植物和干花，灯光打下来，让人生出"隐"的意味。

她喜茶，对日本文化有着深入的了解。她同样爱汉服和《红楼梦》，有很深的中国古典文化情结。美的东西从来都不分地域和国界，美，是对光阴的热爱，是对世间万物的痴恋。

只要是她爱的，他都陪她一起爱。每隔一段时间，他们都会放下手中的工作去远方旅行。因为看了蒋勋的《吴哥之美》，她去了柬埔寨，后来又去了清迈。远行，是为了更好地归来，他们不是常年走在路上的旅行家，但他们走过的每一步，都有爱和温柔。

旅行的意义，是你在路上感知到的生命的奇妙，以及和陪你一起上路的那个人同游一程山水的难得。

05

人与人之间，一定存在着吸引力法则，初次相见却如旧友相逢，往后时光深远，便是默然长情。雨停，江南依然如诗如画，小城依然朴素自然。茶微凉，墨色的天悄悄笼罩在小城上空。

夜如何其？夜未央。

夜未央。长乐未央。春来夏往，秋去冬临，四季更替，唯爱永恒。往后余生，心底温柔只为彼此。

穿越人山人海，只为与你执手相看

南方的梅雨季总是诗意朦胧，那个下午，他泡茶，我们坐着听他说起往事。

这是他的工作室，名叫"闲居"。他说，现代人太喜欢追赶，忙忙碌碌，却不懂得照顾自己的内心。闲，其实更是一种生活状态，是不紧不慢，与心爱的人做热爱的事。

他在工作室里养了许多多肉植物，粗陶小瓶，明亮瓷盆，精致秀气，安然立于一隅。小店门口摆放着花架，往里走，有吉他、萨克斯、古琴，还有箫和笛。这些乐器，他都可以演奏。而他本身的职业，是一位书法老师。

他穿藏蓝色棉麻布衣，微胖、高大，有北方男人的气场。他讲话很轻，不会滔滔不绝。

我始终相信，每个人都有不同的气场，他的气场，是古。

五年前，他是漂泊在天涯的潇洒少年。五年后，他是这座江南小城闲居的主人。

01

青春少年,意气风发,谁不曾把梦想许给海角天涯。雪山、经幡、牦牛、格桑花、藏族姑娘、布达拉宫……西藏,是一个地方,更是无数人心中的信仰。

那时,"藏漂"这个词刚流行。许多文艺青年背起行囊,走在朝圣的路上。

他,就是其中的一位。

他背着吉他,跨过山川大河,穿越人山人海,在山路间磕长头,在大昭寺的广场上歌唱着青春和爱情,歌唱着远方和梦想。

在拉萨,他遇见爱情。去拉萨,他失去爱情。

02

离开苏州前,她问:"可以为我留下来吗?"他那时真是倔强呀,梦想,比爱更重要。他望着她的眼睛,沉默了片刻,转身离去。

他们高中相识,大学异地四年,毕业后,原本以为终于可以一起为未来奋斗,却没想到这段感情在他那远大的梦想面前逊了色。

高二下学期,她转学来到他的班级,坐在他的前排。十七岁女生的干净,在她笑起来浅浅的酒窝中荡漾开来。她梳着长长的马尾,绑着一条天蓝色的蝴蝶结发带,光洁的额头下面是一双忽闪着长睫毛的大眼睛。

他曾为她写诗:

夏天的星空/躺着无数双小眼睛/你的长睫毛上/躺着星星一样的光/谁也不知道/未来会在哪边/然而/我总是希望/未来在有你的方向

操场上留下他为她写的歌曲，课桌的抽屉里藏着她为他买的早餐，那如星星般灿烂的青春，每回忆一次，心就跟着甜蜜一次。其实，回忆有时候并不伤人，因为曾经拥有过，即使最后错过，也只不过是情深缘浅。

最奋不顾身的是大学四年。她在北方，他在南方。所有的思念，都只得付于纸上。后来他弹吉他唱着"纸短情长啊，诉不完当时年少"，这首歌唱出他四年的回忆。爱的誓言，真的曾经写了千千万万遍。

她出生在冬天。二十岁生日那年，北方下了很大的雪，他坐了一晚上火车来到她的城市。当她接到那个陌生的电话时，极不情愿地走出宿舍去校门口取快递，可当她看到风雪中手捧玫瑰的他，眼泪"哗"地就落了下来。

他说："我想在她二十岁生日那天，给她个惊喜，就让门卫大爷帮我演了这场戏。"虽然后来他们各自天涯，但他说起这段往事，眼角眉梢依然浮现着笑容。我想，这大概就是拥有过便无悔吧。

异地恋，最苦的不是距离，是思念。两颗跨越万水千山的心，小心翼翼地相互呵护。毕业那年，她把简单的行李打包，奔赴他的城市。只是，他要去远方，寻找诗与信仰。

南方的冬天，虽然没有大雪弥漫，但却寒风刺骨，她不知道自己是被这里的湿气侵袭，还是被他的决绝冻僵。他离开的时候，她只问了一句："可以为我留下来吗？"他转身，留给她一个渐渐模糊的背影作为答案。

03

大昭寺广场，日光明亮，他弹着吉他唱着歌，看着过往的信徒虔诚的步履。其实我们每个人都是生活的信徒，有的人在佛前五体投地，有的人在都市负重前行，都是修行，只是方式不同而已。

信仰，是牵引他们相遇的红线。那年，她大三，坐着绿皮火车来到拉萨，赴她和闺密的五年之约。

高二那年，她们坐同桌，她安静、不善言辞；她热情、青春洋溢。就是这样性格迥异的两个人，后来成了彼此生命里的"七月与安生"。七月、安生是安妮宝贝小说里的两个人物，她曾对她说："我愿做你一生的安生，哪怕有一天我们道别，我亦会在世界的某个角落，默默地佑护你一生安生。"

她们都喜欢文学，喜欢安妮宝贝的文字。她读了《莲花》，心生了去拉萨的梦想。她说："五年之后，我们的毕业旅行，去拉萨。"

高中毕业，她去了北方读大学，她则因高考失利，读了省内的一所专科院校。离开故乡的那天，她轻轻地抱了抱她，说："五年之约，别忘记。"

而今，她大三，她毕业，她们在这个暑假相伴来到拉萨，来到这座向往了五年的城市。

在拉萨的日子，他以在酒吧驻唱维持生计。每周三、周六和周日的晚上，他会背着吉他来酒吧唱歌。那家酒吧有个好听的名字——不朴。掌柜是个中年男人，留着稍长的头发，略带沧桑和故事感。

那天，拉萨下了雨，酒吧略显冷清，她和闺密坐在角落，而他唱了一首自己新写的歌——《南方故事》。

歌词是这样的：

南方的六月/梅雨湿了你的长发/我坐在老屋门前/唱着你最爱的那首歌/你说喜欢梅雨/乌篷船从屋后经过/茉莉花开在窗前/思念在心底蔓延/那关于爱的故事/却早已走远

她听着听着，竟小声哽咽起来，不知是他唱得太动情，还是歌词写得太深情。听到她微弱的哭声，他抬起头，撞上了她噙着泪的双眼，酒吧里慵懒的灯光落在她的脸颊，他的心微微悸动。

她坐到酒吧打烊。外面的雨还在淅淅沥沥地下着，在玻璃窗上滑出水痕。他收拾好吉他准备走出酒吧，却发现自己忘记带雨伞。他靠在老旧的酒吧木门边上，她走过来轻轻地说："喏，给你伞。"他再次撞上她的眼睛。她说的是"给你伞"，而不是"撑我的伞吧"。虽然她的声音很轻，却有着不可抗拒的温柔力量，好像是专门来为他送伞的人。喏，给你伞。

他接过伞，她和闺密撑一把伞，三个人走在拉萨的街头。

灵魂契合的人，只要相遇就能认出彼此，甚至无须形式化的"我爱你"。

旅行结束，他送她到车站，她问："你会等我吗？"他答："我等你。"

他想起那一首诗。

那一天/我闭目在经殿香雾中/蓦然听见你诵经中的真言/那一月/我摇动所有的转经筒/不为超度/只为触摸你的指尖/那一年/我磕长头匍匐在山路/不为觐见/只为贴着你的温暖/那一世/我转山转

水转佛塔/不为修来生/只为途中与你相见/那一夜/我听了一宿梵唱/不为参悟/只为寻你的一丝气息/那一月/我转过所有经筒/不为超度/只为触摸你的指纹/那一年/我磕长头拥抱尘埃/不为朝佛/只为贴着你的温暖/那一世/我翻遍十万大山/不为修来世/只为路中能与你相遇/那一瞬/我飞升成仙/不为长生/只为佑你喜乐平安。

她离开后,他依旧在拉萨,唱歌、弹吉他。回到学校的她,已进入大四生活,课业不多,许多同学都开始计划着找工作,然而她不着急,因为她知道,还有个人在拉萨等她。

偶然的机会,她看到一篇藏地支教的报道,萌生了去支教的想法。她把这篇报道发给他看,他深深懂得自己爱着的这个女孩,所以他说:"我陪你。"

大四下半学期,她带着对藏地的热情与爱和他重逢。他们支教的学校位于西藏北部的安多县,那里有灿烂的桃花、瓦蓝的天空、冰洁的雪山,还有孩子们单纯质朴的笑容。

她带孩子们领略世界的美丽,他弹吉他为孩子们写下成长的歌曲。他们一起在这所小学留下青春的歌声和快乐,写下相爱的美好与浪漫。

支教为期一年,期满后,他带她徒步走了一趟川藏线。

如果你爱一个人,就和他一起走吧。在路上的万千风景,不及她回眸一笑的灿烂。一个人的旅行很酷,两个人的旅行却很温柔。虽然路上有重重考验,但也有许多浪漫。他们经历过烈日当头的暴晒,也遇见过圣洁巍峨的雪山,他们走过蜿蜒曲折的沟渠,也在星空下许下海誓山盟。风风雨雨走过,他们更懂得珍惜彼此、怜惜眼前人。

04

五年前,她说:"我想去你生活过的江南看看。"

他拥她入怀,眼睛里盛满怜爱,轻轻地说:"我们回家。"

高山、湖泊、河流、城市、乡村。蜿蜒纵横的河流,临水而建的白墙黛瓦,葱郁又小巧的绿林。她望着车窗外的风景,眼角眉梢浮动着幸福的笑容。

他早已不是二十二岁的那个少年,如今的他,懂得珍惜,懂得善待爱和缘。

火车停靠在苏州站,他牵她的手走出车站。苏州,氤氲着江南气息的隐士遗风。她爱上这样的逍遥洒脱,想守岁月以度闲日。他们在姑苏老城区找到一家背后临水、门前临街的老屋,取名闲居。

老屋不大,往里走有个小院儿,她在院儿里亲手种下许多花草,四季都有芬芳相伴。少年时,他曾习字,他们定居苏州后,他便在闲居办起书法课,每天都有孩子过来上课。而她就陪伴在他的左右,安享简单、朴素的生活。

05

六月的雨,缠绵多情。抬头望向门外,老街上行人三三两两,步履匆忙,有些清冷的感觉。苏州也是这样,缓慢、无声、平常。

茶微凉,点心吃到一半,起身道别。匆匆往来,唯道珍重。

爱在朝夕之间,在深情的陪伴中。半生漂泊,半世安生。无论脚步走得多远,梦想有多么华丽灿烂,都只是为绵长爱意和悠长岁月做的铺垫。

没有艺术的生活就像一口枯井

生活有时显得漫长而荒芜，但它的底子是锦缎，艺术，便是这锦缎上的锦上花。如果说，音乐是悦耳的艺术，文学是悦心的艺术，舞蹈是悦身的艺术，那么，绘画，则是净化身心、取悦双目的艺术。

西方油画的神秘，东方国画的意境，虽然类别风格不同，但最终都落在一个字上：美。

01

在朋友的陪同下，我再次与画家邓名海对坐饮茶。这一次，他穿着有点旧的麻质米白衬衫，衬托出他的朴素与简约。后来他说："我妻子时常说我对自己太随便，几十块钱的衣裳照旧穿，但在绘画上我却很大方。一张画，装裱下来几百块，甚至几千块，我从来不会心疼，购买画材也从不吝啬。"

一个对艺术执着的男子。我心里暗暗确定了这一点。

说起来，认识邓名海纯属偶然，但我相信偶然其实都是必然，因为对艺术有着同样的热爱，所以第一眼就认出对方是可以成为朋友的人。

那天，在朋友的工作室闲坐，聊起一些关于人生、艺术的话题，得知身边竟然还坐着一位画家。于是，与邓名海交换了联系方式，朋友说："他的故事很精彩，改天你可以专程拜访。"

说来也巧，没过多久，我们又见面了。

这一次，是在邓名海位于苏州大儒巷上的油画工作室。六月的夏夜，凉风微微，平江路褪去白天的喧嚣，归于幽静。上平江路，过青石小桥，进大儒巷。

昏黄的路灯打在地上，把行人的身影拉得老长。邓名海的油画工作室有个很特别的名字：一个艺。我们开玩笑说："这是要先挣一个亿吗？"坐在旁边的邓名海不好意思地笑了笑。

"艺"非"亿"，这个"艺"，是他对绘画孜孜不倦的追求，是他对自由人生的向往，更是他对待生活的态度。在这个越来越浮躁的世界谈论艺术似乎显得有些缥缈，但没有艺术的生活就像一口枯井。艺术，是这枯井里的甘泉啊，有之，井活；无之，井枯。

02

"谈一谈您的艺术生涯吧。"朋友开口说道。

我点点头，"您从小就很热爱绘画，是从小开始学艺的吗？"

邓名海又是浅浅一笑，他很爱笑，那笑容里，有几分真诚，又有几分朴实。"这要从湖南湘西的那个小村庄说起。"邓名海回忆着说。

出生于八十年代初的邓名海并没有从小含着金汤勺。偏僻的村庄里，一个家庭的收入很难供得起两个孩子一起读书，邓名海家也不例外。高中那年，懂事的邓名海选择退学南下，打工以供哥哥读书。

邓名海的哥哥邓明清也是一名画家，画的是传统中国画。兄弟二人一个东方，一个西方，在绘画上都颇有造诣。

辍学的邓名海最初在广东一带的工厂做工人，后来有一次去邓明清就读的中国美院看望哥哥，便留在学校附近的美术画材店做了店员。这样一来距离哥哥更近，更加便于彼此照顾；二来可以拥有更好的生活环境，大学周围总是比工厂里要强一些。

邓名海没有想到，就是那几年的店员生涯彻底改变了他的人生轨迹。

店里生意不忙的时候，邓名海就自己临摹一些大师的绘画作品，哥哥和同学常常会去那家画材店里买东西，有时候也会给邓名海指导一二。

勤奋的邓名海就这样画了几年，画作已经有了自己的风格。这时，哥哥邓明清大学毕业，邓名海决定再次回归校园，参加高考。

曾经，弟弟工作供哥哥读书；如今，哥哥学成，赚钱供弟弟读书。

回到高中校园的邓名海此时已经二十岁，是高三毕业班中年龄最大的学生。

经过一年的努力，邓名海参加了艺考，考上了天津美院。高三的一年，虽然邓名海只是用"努力"二字轻描淡写地带过，但一年学完高中三年的课程，我知道，这其中一定还存在两个字——信念。

邓名海十分珍惜读大学的机会，在校学习期间就已经创作出许多优秀的油画作品。

说到这里，邓名海低头呷了一口茶。我和朋友感慨，原来，所有的完美背后都是默默的努力和奋斗。

03

我起身，一幅幅地欣赏工作室里挂着的作品。太湖、田园、少女……他的画，给人以静的美感。

"这些田园风景的油画，都是近期创作的。"邓名海说。

"哦，我看您画的这几幅都是太湖风光。这是明月湾码头吧？这是太湖夕照吧？"

"是的，这几幅都是春天去写生时画的。"

"您能聊一聊您对江南水乡的感情吗？是从小向往？还是……"我随即问。

邓名海笑了笑，理了理身上的衬衫，向我们缓缓道来。与邓名海交谈的时候，你总能感觉到他自身的一种朴素气质，与江南很像。

"我到了苏州后，才深深地爱上了这座水乡小城。早先只是在书中读到过江南的概念，但并未有太深的感触。后来到了苏州，亲身在这里生活过才明白，难怪江南自古便为文人墨客所歌咏，这里已经不单单是一个地域的代称，更是一种文化的符号。在这里生活，有人与你谈论艺术，不紧不慢地保持着自己的步调；在这里生活，就像小河里的游船，不必追求驶得多快多远，只要缓缓顺着水波漂流。"

04

"这是我的绘画作品集。"邓名海从木桌上拿起一本叫作《羞涩的青春》的画册。我接过来，封面上的两幅少女油画作品吸引了我的注意。这个工作室里挂着的最大的两幅油画作品，同样是少女的形象。

欣赏一幅人物油画，我最先注意的是眼睛，因为从人物的眼睛中可以看得到创作者的渴望。邓名海笔下的这些少女，眼睛里是无尽的纯净，还有略微的懵懂。

打开画册，开篇是邓名海在天津美院时的导师为其题写的序言。导师在文中写道："邓名海在画中表达了他对世界的观察，倾注了他的情感。他看到生活中那些清纯的女生，她们那微妙的动作和表情诉说着对生活的憧憬，给人以青春生命的赏心悦目。他看到大自然中清纯的莲荷，荷叶在微风中摇曳，把人带入纯净的梦想。上学期间，他画那些女生的肖像，也画那些有荷叶的风景，这两个主题是他的最爱。"

荷、少女，这是两个代表干净与纯洁的主题。从邓名海的画作中不难看出，他是个很纯粹的艺术家。画册里收录了大量邓名海创作的少女和莲荷作品，所有少女都有一个共同的特点，那就是纯净的眼眸和羞涩的面庞。邓名海画荷，会将少女与荷结合，互相映衬。

"画家对美都有独特的见解，因为绘画本身就是审美的艺术。那么，您认为什么是美呢？"我抛出这样一个意识流的问题。

"纯粹。"邓名海回答得简洁又干脆。

妙哉，万物沾染了尘世，就总有不可避免的浊气，所以，纯粹为最美。

05

邓名海是个有诗性的人，如果以古代的人对照，我觉得他像庄子。邓名海的心中有一个梦幻自由的世界，那是他的精神寄托。

只是，人活在当下，很难做到完全洒脱，不会如林和靖梅妻鹤子、孤山终老，亦不会如陶公携妻儿南山种豆、东篱采菊，但如果我们换一种思维，平淡温馨的小日子未尝不是美好——有爱人的陪伴、孩子的撒娇，还有一日三餐的人间烟火，一家人为更好的明天努力奋斗。

对于艺术，邓名海追求的是纯粹，但他也接受现实的洗礼。

刚毕业的时候，他去画廊工作，后来因为渴望自由的创作便离开画廊，自己开办工作室。在木渎，邓名海还有一个大画室，平日在那里教人绘画。天气好的时候，邓名海就带着学生到处写生，走进大自然，用画笔画下心中的纯粹。

一手梦想，一手现实，只要我们用心爱着，每一天都会很美好。世俗意义上的关系与拥有，内心渴望的梦中幻境，各自有各自的好。我们要学会感知它的好，而不是它的千疮百孔。

谈及艺术人生与红尘俗世的话题时，其中一位朋友的观点大致是这样：艺术，必要有所牺牲。如果把绘画艺术当作终生的追求，那么必然要牺牲安稳与平淡。

为什么两者不能寻得平衡呢？

我想起曾经看到过的一个帖子，说的是南京有一位画家，在女儿出生后，用中国画的形式画下女儿的肖像，记录着女儿的成长。看到那些作品，我感动到落了泪。你瞧，他也在追求艺术，但他也在甘之如饴地为家庭付出，尘世里那些琐碎的小幸福，成了他艺术的养分，亦使他的生命变得更加充盈。

艺术不应该只属于孤独，要不然，它就太曲高和寡了。

我有个女性作家朋友，她追求文学艺术，但也热爱琐碎的温情。她嫁人时有人对她说："你不该跳入婚姻的牢笼，你应当与不同的男人谈恋爱，这样才能为你的创作汲取灵感。"她微微一笑："如今的生活我非常珍惜和满意。"

不是轰轰烈烈才能延续艺术的生命，那些寻常日子里的点滴，亦可以成为艺术。后来，我那位作家朋友笔下的文字充满脉脉温情，她的文学之路，在另外一半的陪伴下，越来越柔软细腻。

我的作家朋友和南京的那位画家父亲，他们都是在做出了选择之后，悦纳了这个选择带来的一切。

所以，无论选择了怎样的人生，都不要纠结失去和遗憾。相信在做出选择的那一刻，我们已经拥有了最好的人生，努力、用心去感受它就已足够。

06

话题止于此，夜已深，朋友要赶回昆山的末班车，邓名海也要回家陪伴家人。一期一会，这样也好。

邓名海骑上一辆电瓶车，背影消失在夜色之中。我与朋友慢慢地走过大儒巷，互道再见，相约往后。

爱的语言

林木清在十二岁那年遇见了夏蔓草。

十二岁的那个夏天,金色的阳光被斑驳树影打碎,落在城市的街道上,落在林木清的少年时光里,落在夏蔓草飞扬的裙摆上。

夏蔓草被班主任带到教室,指了指林木清旁边的座位,轻声说:"蔓草,你坐这里吧。"

夏蔓草不紧不慢地走向座位,走到林木清的旁边。林木清抬头看了看座位旁的女孩,白色过膝裙,白色T恤,齐耳短发,戴着一副眼镜,但那眼镜并没有影响她的美,反而为她更添几分书卷气。阳光穿过玻璃窗洒落在她身上,为她镀上一层柔光,有一种朦胧、梦幻的美。

林木清的心微微悸动,但十二岁的少年并不知道,这是男生对女生的心动,这是爱的萌芽。他又是个羞涩的男孩,哪怕爱与欣赏已经悄然萌生,他依然只会把感情深深埋藏在心底。

一如林木清的父亲和母亲。

01

十五年前,林立遇见许芸。那时,林立二十五岁,许芸二十三岁。

林立和许芸是典型的中国式婚姻,八十年代初,奉父母之命,媒妁之言,两人结为夫妻。在传统的家庭观念里,结婚,就是两个人做个伴,生育后代,组建一个叫作"家"的避风港。至于爱与不爱,根本就不会有人提起。

一个男人,一个女人,一个小孩,由家庭这根线串联起来,三人之间有了牵绊,成为彼此生命里那个无法割舍的存在。

林木清出生后,林立为了生计跟着村上的人外出打工,先是跟着工头,在城市的建筑工地干活。由于林立脑子灵光,人又努力,慢慢开始自己领队干活,成了一个不大不小的包工头。

许芸在家里照顾林木清和公婆,是非常传统的家庭主妇。林立的包工头生意越做越大,九十年代初开始自己买地,开发房地产,成了小县城里第一批富起来的人。后来,林立在县城买了房子,把许芸和林木清接到城市生活。

林立和许芸都不会表达爱,或者说,他们不知道什么是爱,只是默默地为生活奔波、努力,尽着作为妻子、丈夫、儿女、父母的责任和义务。在这样的家庭中长大的林木清,对爱的认知是模糊的,他不知道什么是心动,什么是想念,什么是爱情。

林木清的家,没有温暖,但也没有争吵,就像空气,存在着,却又没有任何存在感。所以,当他初次遇见夏蔓草的时候,他不知道,这就是心动,是爱与欣赏,是男生与女生之间温柔的小秘密。

02

初中三年，夏蔓草始终坐在林木清的右侧。他们交谈不多，大多数时间，两个人分别在一个个方程式中沉默。

林木清语文成绩非常好，作文常常得满分，还经常在中学生杂志上发表文章。他心中的情感从笔尖流淌，化作纸上一个个生动的故事。他笔下的女孩，总留着齐耳短发，爱穿白色T恤。他笔下的男孩，总是善良而又羞涩。

"一二三四，二二三四，三二三四，四二三四……"

随着广播里的音乐，同学们开始了课间操。在做张开手臂的动作时，林木清不小心碰到了夏蔓草的指尖。明晃晃的阳光和初见那天一样，落在广阔的操场上。他看到夏蔓草指尖闪动着的阳光，羞涩地低下了头。

这是他们同桌两年以来，他第一次碰到她的手指，凉凉的，他的心却像触电一样，闪过一丝悸动。林木清的面颊泛起微微红晕，他不敢抬头看夏蔓草。

初中三年很快结束，他们一同升入高中部。夏蔓草被分到四班，林木清则在重点一班。不能抬头就看到夏蔓草，林木清只好每天放学后，穿过整个教学楼，绕到四班旁边的楼梯下楼，这样就可以假装与夏蔓草偶遇。

高中三年，林木清也曾收到女生的情书，但他的心里，早已住着蔓草。他拒绝了那些女生的情书，卑微又孤独地守护着他的爱，在青春日记里一遍一遍写下蔓草的名字。

03

大学,林木清和夏蔓草依然在同一所学校。其实,所有的巧合都是林木清的用心。他从夏蔓草的同学口中,打听到蔓草填报的学校和专业,原本可以上一个更好的大学的他,毅然选择和蔓草一起,填了省内一所普通高校。

一个人的爱,原来可以这样执着与深情。可是,执着与深情有什么用呢?连一句告白都不敢,又算什么爱呢?

由于是同乡又是中学同学,林木清和夏蔓草开始走得很近,但始终都是朋友以上,恋人未满的状态。林木清像个大哥哥一样,处处照顾蔓草。而蔓草的情感亦只停留在兄妹的关系里,因为她从未想过,这个高大帅气的男生会喜欢自己。

长大后的林木清更加清瘦俊朗,眼睛虽然不大,但又细又长,像漫画中的男主角。再加上林木清很爱穿白色T恤,衣服上始终都散发着洗衣液的味道,他成了学院里许多女生暗恋的对象,而这样的暗恋也让夏蔓草逐渐被女生们疏远。

好在蔓草心性淡泊,并不热衷于和女生们叽叽喳喳闹成一团,她像一朵自由绽放的花,洁净、从容,仿佛立于云端。大学里,蔓草唯一的好朋友是秋微,然而,就是这最好的朋友,让蔓草心力交瘁。

蔓草本不屑于在暗地里耍心机,却被人在暗中利用了。

大学刚入学时,秋微与蔓草同宿舍,并且住在蔓草的下铺。当所有女生都说蔓草孤芳自赏,不愿与她交往时,只有秋微挽着蔓草的胳膊,说:"我们一起去食堂吧。"

秋微的性格,一点也不像她的名字。她没有秋天的冷清沉静,相反，她热情活泼，更像夏天的一团火，能给人带去温暖，却也会烧得人体无完肤。

那个九月，蔓草把最纯真的友谊交给了秋微。她想，大学里，有林木清这个哥哥，有秋微这个好闺密，生活待她真是情深。

如果没有那次偶遇，如果她没有停下来侧耳细听，如果……

这世界上没有如果，发生了，就是发生了。蔓草回忆起那个深秋的傍晚。

风划过小腿，已经感受到凉意，夏蔓草从图书馆出来，穿过那条香樟树大道，准备去取早已订好的生日蛋糕。今天，是秋微的生日，这是蔓草认识秋微以来，第一次给她过生日。她想要给秋微一个惊喜，所以早早订了蛋糕，准备晚上带给秋微。可是，就在她去取蛋糕必经的那片杨树林，她看到了秋微和林木清。

秋微穿着那件新买的白色连衣裙，站在林木清对面。蔓草停下了脚步，远远地听到秋微的声音："我到底哪点比不上夏蔓草？你从来就没正眼瞧过我一眼！"

林木清保持着他一贯的温和，这是夏蔓草与林木清相识以来一直都知道的。他从不会发火，在他的世界里，好像就没有"愤怒"二字。

"对不起，秋微。"林木清低声说。

"林木清，我告诉你，我最讨厌夏蔓草。你以为我和她是好闺密吗？错！要不是因为你们是老同学，你经常和她在一起，我才懒得理她！"秋微歇斯底里地发泄着自己的不满，"行，你喜欢她，你会后悔的。"说完，秋微转身跑出杨树林。

蔓草怔怔地站了好久，直到夕阳的余晖一点点消失，夜幕降临。林木清喜欢我？蔓草心中打出无数个问号。这么多年，蔓草从不知道他们之间的感情是友情还是爱情,因为她从未去想过这个问题。可是秋微说,林木清喜欢的是夏蔓草?如果是这样,林木清为何从未告诉过自己?如果是这样……

林木清一直不都是哥哥吗?

夏蔓草不愿再想。关于林木清,关于秋微,关于烟花般绚烂而短暂的情谊。

她给蛋糕店的老板娘打电话:"蛋糕留在店里吧,不需要了。"然后独自走进暮色中。

经历了好朋友的背叛,蔓草后来的大学生涯再也没有推心置腹地交过朋友。她的生活一如往昔,图书馆、食堂、教室、宿舍。陪在她身边的只有林木清,那个傻傻的、默默守护她的男生。

04

大学毕业后,林木清的父亲希望他继承家里的产业,留在故乡。而夏蔓草选择远方,去她向往的北方城市闯荡。林木清决定背离父母的愿望,和夏蔓草一起去到了她向往的城市。

文艺的人说,陪伴是最长情的告白。但S.H.E也在歌曲中这样唱过:"友达以上,恋人未满,甜蜜心烦,愉悦混乱。"

在新的城市,夏蔓草依旧一个人,做着自己梦想已久的编辑工作,住在城市的最北边。林木清做了工程师,这和他大学的专业正对口,住在城市的最南边。他和蔓草之间的距离,要跨越整座城市。

陌生的城市,陌生的人群,夏蔓草与林木清成为彼此生命里为数不多的情感寄托。只是,他们不知道这样的感情,是友情还是多年以来的习惯,更分不清,他们之间究竟是爱情还是亲情。

蔓草也曾想过,也许自己喜欢过林木清。蔓草还曾想过,如果林木清告白，或许就答应他，两个人在一起吧。蔓草想了很多很多，却总是理不出头绪。罢了，想不明白的事情，就不去想了吧。

半年后，蔓草恋爱了。在那个寒冷的冬季，男孩握紧蔓草的手说："我们在一起吧。"北方的小城，下了很大的雪，蔓草被他握着的手，却是那样温暖。蔓草点点头，轻轻地倚靠着他的肩膀，她知道，自己心动了。

蔓草带男生去见林木清，林木清表现得温和而自然，一如往昔，还叮嘱那个男生，一定要好好爱蔓草。

那次晚餐，他们很快就吃完了。林木清回到家里，终于掩饰不住，开始抽泣。"蔓草……"他小声唤着她的名字。林木清以为，他们会自然而然地在一起，他们会如十二岁相遇时那样，遇见了就一路走下去，他们会成为彼此生命里不可或缺的存在……

可是他忘记了，爱，是需要表达的。他更忘记了，一份感情，不只是站在对方一转身就看得见的地方，还需要告白，需要浪漫，需要一份爱的承诺。这样的爱，才让人心安。无论雨雪还是风霜，无论海角还是天涯，因为那一句誓言，紧握的双手不会分开，深情的眼眸中只有彼此。执子之手，与子偕老。

05

那个男生对蔓草很好，是蔓草的兄长，是蔓草的朋友，更是蔓草的爱人和知己。冬去春来，蔓草带他回到故乡，蔓草的父母都很满意，决定次年春天，为他们举办婚礼。

三月，小城浸泡在花香之中。蔓草的婚车穿过一条条老街，一路芬芳。林木清没有参加蔓草的婚礼，而是一路跟着婚车，送她出小城。

"别送了,就到这里吧。"

婚车快要驶出小城的时候,蔓草给林木清发了条简讯。她知道,这一生与林木清的缘分,只能到这里了。再见,亲爱的木清哥哥。她在心中默念。

林木清看着手机上的简讯,停下车子,泣不成声。当初见到夏蔓草男朋友的时候,他还没有这么难过。此刻,他终于意识到,自己有多么爱蔓草。只是,一切为时已晚。

林木清似乎又看到十二岁的那个夏天,金色的阳光被斑驳树影打碎,有个女孩穿着白色过膝裙和白色T恤,走到他的身旁。女孩留着齐耳短发,戴着一副眼镜,淡淡的书卷气。阳光穿过玻璃窗,洒落在女孩纤细的身上,为她镀上一层柔光,有一种朦胧、梦幻的美……

她建起一座心灵山谷，倾听内心的声音

"木梨谷在哪里？"我问。

"十全街滚绣坊九号。"她答。

很多年前，我看到一个古村的纪录片。在徽州，有个古村叫木梨硔，一个与世隔绝的小山村，是徽州海拔最高的古村落。我在网上搜寻着木梨硔的信息，忽然，"木梨谷"出现在我的视野里，我喜欢上了这里的恬静、优雅，便与谷主结下了这段"君子之交淡如水"的缘。后来得知谷主从黄山来了苏州，便一直想去看看她。

或许，这将是一场美好的遇见。

01

谷雨过后，初夏即将到来，走在苏州的老街上，青石，幽巷，浓绿的香樟树叶透过阳光，在白墙上落下好看的剪影，河水泛着夏日的绿，街上三三两两的行人路过，万物静谧且美。我们穿过一条条老街和小巷，路过一座座青石小桥，滚绣坊九号的门牌映入眼帘。这是一

座独立的小庭院式二层楼房,木质大门紧闭,门楣上方的石碑上刻着"紫气东来"四个大字。

"就是这里了。"她说。

轻轻叩响门环,无人应答。正在寻找另外的入口时,谷主Wendy缓缓而至。

"嗨,你好呀。"她温柔地与我们打招呼。

谷主身着一件白色上衣,看上去是纯棉质地,搭配原麻色休闲裤、休闲运动鞋,色彩淡雅、舒适。她整个人少女感十足,给人以明朗、轻快的感觉。我突然想起一种花,叫作洋甘菊。那是一种很小又很淡雅的花,轻轻地嗅,有淡淡芬芳,温和不燥,非常雅。

说话间,谷主打开那扇木门,邀请我们移步其内。

院子不大,只几步就走到了屋内,但不大的院子里却别有洞天。木门两侧,植着胭脂粉的蔷薇,花开得正自在。蔷薇依墙根而植,攀爬在白色院墙上,间有花窗点缀。蔷薇的旁边,是砌出来的两个小花园,橙黄色的观赏橘结了一树,饱满、富足,红叶酢浆草种在一口古老的小陶缸里,另一侧,放着一张大照片,照片两旁是绿色爬藤植物,照片上是一片绿色森林,底部写着"万物有灵且美"几个字。

万物有灵且美。这是谷主追求的生活状态,也是许许多多心向自然的人,对生活最诚挚的期待。

由此,我爱上了眼前的木梨谷。

02

谷主带我们去她的私人书房。环顾四周,四面为书,两扇门,一扇通生活馆区域,一扇通后花园。

"这些都是我的私人藏书。"谷主浅浅地笑,温柔地说。薄薄的妆容恰到好处,更衬出她的出尘与雅致。

"她是小隐,作家,写过畅销书。"朋友介绍道。

谷主邀请我们坐下,点上香薰蜡烛,煮了茶。

她点点头,"好棒,我也写过一本诗歌集。"然后,她拿出曾出版的诗歌集送给我们。

书名是《原》。这样简单的名字,亦和她的人气质相当。素白色的封面上,一朵水墨花晕染开来,靛蓝色的花色,晕染的效果是那样自然天成,又那样幽静。

"原,是回归本真,不忘初心。"她如此说道。

我轻轻地打开书页,一帧帧水彩插画,一首首素心小诗,只看一眼,我便知,这正是我所爱的文字。

"书里的画作,是我请朋友帮忙专门绘画,这些诗歌、随笔,都是我在黄山木梨硔古村时所写。"谷主说。

原来如此,那样一个与世隔绝的古村,日出而作,日落而息,日子简单静好,在那里写出的文字,也是素心如简。

　　生命兜兜转转
　　所有的经历都不过是
　　旅程中的遇见

　　我在你的眼里
　　不过是几次的眨眼
　　你在我的心里却成了永远

也许相处的关系中

真诚和自然才不会有负担

读着这些诗句,如同置身在一片无尘的山野,只有风声、鸟声、木犁声,你也别跟我说什么纷纷扰扰,这样的原始与自然,足够一生交付。

"你和木梨硔有怎样的故事呢?"

提到那个小村落,谷主淡然一笑:"很多年前了,我在一本杂志上看到木梨硔古村,后来,我去黄山寻找这座古村落,当我终于风尘仆仆地站在木梨硔的村口,我知道,就是这里——我寻找了许久的自然理想地。"

"那时,村子还鲜少被人熟知,我在村子里遇见一座两层楼的老房子,那一刻,我怔怔地站在老屋前,觉得自己就该属于这里,好似前世就曾相约一样,兜兜转转终于重逢。之后,我开始改造这座老屋,注册'木梨谷'这个品牌名字。"

"木的质地,朴实、敦厚;梨,代表着纯真与干净;谷是山谷的意思。"她说,"我希望我们能有一个返璞归真的生活方式。人本身是单纯的存在,但在社会中,就会变得复杂,因为社会很复杂。这个问题我们无法完全改变,但我们可以不忘初心,守护好内心最本真的那份情感。"

说到这里我想起一个词:极简。我们在社会中,免不了欲,有了欲,就会追求多。然而,过犹不及。越满越感到彷徨、空洞。人的精力有限,当我们过多地关注"满"的时候,就会忽视身边的好。

生命最为珍贵,人的一生,为何要苦苦挣扎在填不满的"欲"上呢？我们应当将珍贵的生命花在美好的事物上，一朵花开，一片云来，一个阳光充沛的午后，这些触手可及的幸福，更该好好珍惜。

聊及生命和初心的话题，我们同频共振，那时光，真是极妙的良辰。

在木梨硔的时候，留下了许多美好，邻居的一只白猫，突然闯入的一只小狗，下雨的山谷，晴空下扛锄而归的农夫……她一一收集，一一记录，一一拾捡。

03

"我很庆幸，这么多年来，始终还保持着这份最单纯的愿景。"回忆起木梨硔的点滴，谷主感叹道。

"在去木梨硔之前呢？"我问。

"那之前，我一直在职场，活得张牙舞爪。"她轻轻地说，好似在谈及一个漠不关己的他人。因为，那个职场上雷厉风行的女总裁，实在与眼前的她无法联系起来。

"我从英国纽卡斯尔大学人力资源专业硕士毕业后，先后在几家大型企业做人力资源管理。一开始，觉得一切都那么精彩。可人到了一定年龄，就会开始想要回归。在职场的二十年，我的生活奢华、高雅。"

"职场二十年？"我听得惊讶。因为，眼前的她看起来真的很少女呀！

"看不出来吗？"她淡然地笑。

"你不说，我会以为你是1990年左右出生的人。"我如实说。

"不不不，我是'70后'。"她捋了捋额前散落的发，轻轻地说。

"我喜欢阅读、旅行,在英国读书期间,我经常到处游历,因为读了《查令十字街84号》这本书,我也专门去了伦敦查令十字街84号。回国后,只要一有时间我就会走出去,看想看的风景。木梨硔就是这样的机缘。不过,在木梨硔的时候我还没有完全离开职场,可以说一面是女白领,建造着商业王国;一面是文艺女青年,构筑着朴素田园梦吧。"

"因为阅读和旅行,让我始终保持着对自然最朴素的爱。职场生活过久了,人应该学会找到一种让自己倾听得到内心声音的方式。在职场上,我是人力资源总监,每日与各种人打交道,脱下职业的外衣,我只是一个热爱自然、喜欢安静的普通姑娘。"

我欣赏她对待生命的方式:平和、认真,繁华时不退缩,优雅时不空洞。这样的姑娘,怎能不少女呢!年龄,对每个人都不偏不倚,但生命状态,却需要自己的滋养。生活从来都不只是诗和远方,但你可以心怀诗和远方。在谷主Wendy的身上,我看到的不是岁月的无情,而是一种很深情的赋予。

04

"我最喜欢梭罗的一本书,叫作《瓦尔登湖》。"谷主谈及书籍,与我们说起,"我读到那本书是大学时,但那时的心境并不能完全体会书中的深意。如今我还会重读这本书,每次读,都有不一样的收获。还有一部美好的电影,叫《小森林》。塔莎奶奶也是我非常喜欢的一个人。"

我们坐在书房里不紧不慢地畅谈着文学、生活,以及自然和生命。这一场初见,宛若故人重逢,欣喜且舒适。周身被书环绕,整齐地排列着,喝着谷主与祁门红茶非遗制茶人合作的茶,香薰蜡烛燃着淡淡的、暖黄色的光,阵阵清香在燃烧的过程中徐徐飘来,一切静好的模样。真是同频者相见甚欢。

不知不觉竟已午后过半。谷主想起还要去接孩子放学,便先行离开,请我们在木梨谷生活馆随意欣赏,等她回来。

05

剩下的午后时光,我便细细地阅读了谷主写的《原》这本书,在书中,感知她细腻的文字,以及对美好事物的深爱。当我合上书本时,谷主已安顿好孩子,回到生活馆。读完《原》这本书,我愈加欣赏眼前的这个女子,她笔下的文字,仿佛在一片林间山野,万物皆明朗,日子朴素而真诚,那些在都市里积攒的复杂情感,顷刻间就消失不见,只有最简单和最真实,空灵、自在。

"你们稍等会儿,尝尝我做的谷物酸奶。"她眉眼含笑地说。

本是初次造访,心中原本觉得多有叨扰,但此刻,一切又是那样自然,无须多余的客套。几分钟后,一杯淡黄色米酒、一盘谷物酸奶就端上了桌。

这真是对待生活的仪式感呀!盛米酒的是透明玻璃杯,盛谷物酸奶的是天水碧色盘子,不仅愉悦了舌尖,还愉悦了视觉。健康的食物,舒适的衣裳,寻常的日子,平凡中自有真意。谷主说起轻食,满眼欢喜,对于我这种平日里不爱进厨房的人来说都充满了吸引力。

早餐,一份谷物酸奶、粗粮、酸奶、鸡蛋,方便又营养。舒缓的音乐在房间里弥漫,阳光在窗帘上跳出好看的舞蹈,好好享受这一个静谧的清晨吧,多么让人动容。

人啊,向生活要的其实不多,只是简单的早餐、热爱的工作、寻常的周末、家人的陪伴。这样的极简，一点也不难，只要你常怀欢喜心，日日是好日。一扇大的木窗外，是草木葱郁；窗内，则是寻常温情。夜，渐临。这里没有山谷，却似有山谷的幽和静。

木梨谷，一种质朴的情怀，遇见纯真的灵魂，我们每个人都应该建立起这样的一座心灵山谷，颐养生命。

所有的遇见都恰到好处

她有个很普通的名字：冬梅。每次想起她的名字，我都感觉像生活在20世纪80年代，因为在我的印象里，只有那个年代的人，起名字才会用梅、花、菊、红这类的字。然而，她其实才二十四岁，是名副其实的"90后"。

叫冬梅的姑娘或许有千千万万，但叫夏冬梅的姑娘，我觉得并不多。她做介绍的时候说："我姓夏，夏天的夏，叫冬梅，冬天的梅花。"

她的性子，还真像冬天的梅花。高洁，但并不孤傲。

两年前的春天，我在同里旅行时遇见她。那天，她穿着一件奶白色棉麻长裙，长发及腰。我们住在同一家客栈。

我喜欢清晨的古镇，有干净清澈的质感，所以在那天早上起了个大早，从一条街走到另一条街，走过穿心弄，驻足古桥上，看着小镇渐渐苏醒、渐渐热闹起来。

太阳升起，游人陆续到来。我回到客栈，坐在客栈的露台上看书。

这家客栈的露台像个大花园,文艺、芬芳。

客栈掌柜是个会写诗的姑娘,喜欢花草植物。她自己设计明信片,再配上自己写的诗,印刷出来贴在客栈接待处的墙壁上,贴了一整面墙。那些小诗,就像她的人生,透着倔强又简单的美。

二十几岁的时候,她在上海做设计,但是,面对热闹的大都市,她觉得自己像个局外人。城市里的孤独感,是你走在来来往往的人流中,却找不到一张对你微笑的脸。三十岁那年,她辞掉工作,来到距离上海不远的同里古镇,开了这家客栈。

我摊开手中的书籍,抬眼,看见夏冬梅也坐在露台边,手中拿着一本海子的诗选。这个时间,大多数来旅行的游客都会在古镇上游览、用餐,她却坐在客栈,安静地看书。

不知道是被那本海子的诗选吸引,还是被她独特的气质吸引,我走过去,说了句:"海子的诗歌,充满着不同凡响的灵性之光。"她抬头,对我微笑。我看到她浅浅的酒窝、纯净的双眸。她长得很好看,不是妖娆妩媚的好看,而是恰到好处、温和恬淡的好看。

"是啊,他是个伟大的诗人。他的笔下,充满一种绝望的情感,他执着地认同死亡,但又不颓废,反而显得非常美妙。"她不紧不慢地回答,声音清清甜甜。

后来,我们从海子聊到顾城,又聊到古典诗词、现代散文,以及自己对生活的认知。那个上午,两个刚刚相识的女孩,敞开心扉,愉悦地度过了几个小时。

我们谁都没有过多谈及自己的生活,只在文字中交付深情。当两个灵魂产生交集的时候,从哪里来、过着怎样的寻常日子这些问题,早已不再重要，重要的是恰逢其时地相遇和相惜。

三天后，我离开同里，她送我到车站。我们没有说再见，只是不停地挥手，直到大巴车走远，她的身影渐渐模糊。

该重逢的时候，自然会重逢。我们都是随性的女孩，相信一切都是最好的安排。

我对她的记忆，仅仅是那段上午时光，奶白色的棉麻长裙，畅谈文学的惬意，以及她的名字，夏冬梅。我猜想，她对我亦是如此，一段上午时光，浅绿色汉服套裙。

前不久，我又去同里旅行，依旧住在那家客栈。客栈掌柜拿给我一个信封，上面写着：小隐收。我打开信封，一行娟秀的字迹映入眼帘：一切安好。落款的名字是夏冬梅。

简单的几个字，情意款款。正如我们的故事，无须多言，但一字一句都是深情。

掌柜说："我一周前收到了这封信。我记得你的名字，所以就留了下来，想着也许你会再来。没想到你这么快就来了。"

我笑了笑，谢过掌柜，走向那个种着许多植物的露台。

一切安好，夏冬梅。我在心中默念。

愿你出走半生，归来仍是少年

　　江南的梅雨季节，沉闷潮湿。他坐在朴拙书店，手边的咖啡微凉，书页在他的指尖轻轻翻过。下午的书店，与窗外的雨一样安静。除了坐在吧台低头看书的店员，只有他一个人。

　　他穿干净的白色T恤，留细碎的短发，遮挡着浓密的眉。他的眼睛，专注而有神。他看一会儿书，看一会儿窗外，也许是看雨，也许是看窗外那一丛丛的绿。他极爱雨中的植物，有一种朴素的美。

　　如果用一种植物形容他，我会选择青竹。

　　他的名字很好听——木枝。我说像女生的名字。他浅浅地笑，露出一排整齐洁白的牙齿，一颗小虎牙为他的笑容锦上添花，可爱、干净、舒适。他说："山有木兮木有枝，心悦君兮君不知。木枝，取自此诗。"

01

　　二十七岁的他，已经走遍了大半个中国。

　　大学毕业那年，他一个人来到苏州。在苏州，他遇见了自己深爱的女孩。

爱情，始于怦然心动。第一次见她是在书店，她坐在他对面认真地翻阅着手上的书籍，齐眉的刘海儿，梳着马尾辫，穿一件素白色连衣裙。他们坐的位置靠窗，四点钟的太阳打在她的肩上，为那个午后增添了许多温暖。

那天夜里，他做了个梦，梦到一个穿着白色连衣裙的女孩，迎面对他微笑。清晨醒来，他看了看窗外湛蓝的天，他知道，这大概就是心动。

第二次见她，还是在同一家书店。他远远地看到她，她依然坐在那个靠窗的位子上，安静、专注。他取了本书径直走过去，坐在她的对面。她换了一条青草绿的裙子，马尾辫，齐眉的刘海儿。

看书累了，她抬头望向窗外，刹那撞上他深情的眼眸。他微微一笑，轻声说："两天前，你也坐这个位置哦。"她也笑："我喜欢这家书店，每次来都坐在这个位置。"

没有浪漫的开场白，他们聊到各自喜欢的作家、各自喜欢的生活方式，两颗心越来越近。她是个爱做梦的女孩，喜欢花草，喜欢温暖的阳光和种满植物的小院儿，喜欢远行，喜欢风和云，喜欢大海和草原。他叫她梦小孩。

他们之间，没有说过"我爱你"。可是，爱情需要的真的就只是那句"我爱你"吗？不是的。爱情是深情的陪伴和两颗心的相依。他懂她的梦想，她爱他的热爱。

02

她最大的梦想，是和他去远方，去山上看日出日落，听他弹着吉他唱歌，陪他四海为家。

只是，命运太过捉弄人。他们快乐的日子只持续了半年，她就被病魔夺去了生命。肺癌晚期，从查出到离世，不过短短几个月的时间。

那是他二十多年来最消沉的时候。后来，他独自去宏村旅行。那是座遗世独立的小小古村落，四面环山，宁静祥和。

正值春天，油菜花开遍山野。春雨朦胧了山峦，植物抽出嫩芽，生机勃勃。老屋错落有致，古朴安静。他这个闯入者站在村口，望着眼前的风景，过往的片段像走马灯一样闪过。他终于露出释然的微笑，心情豁然明朗。

人的一生会有无数次遇见，不是每一次遇见都可以天长地久，不是每一次相爱都可以白头到老。在一起的时候，用尽全力去珍惜；失去的时候，不过是缘分尽了。她并没有真的离开，而是在另一个世界里，守护着两个人的爱。

他在宏村住了下来，直到暮春，千树万树的花开化作残红零落。

该走了，他知道。

她在世的时候，那么渴望与他携手走天涯，如今，这天涯，他要一个人去走。走吧，走吧，带着心爱的吉他和她的心愿，去看看这美丽的人间风景。

03

离开宏村后，他的旅行再也没有停下来过。

他一路工作，一路旅行，在一个地方攒够了下一程的旅费就继续向前。路过城市，他做过酒吧驻唱，做过服装店导购；路过村落，他采过茶，做过陶瓷，还卖过书画宣纸。

五年来，他就这样过着游牧民族般的生活。这样的生活，让他

人的一生会有无数次遇见，不是每一次遇见都可以天长地久，不是每一次相爱都可以白头到老。在一起的时候，用尽全力去珍惜；失去的时候，不过是缘分尽了。她并没有真的离开，而是在另一个世界里，守护着两个人的爱。

看起来没有其他人即将步入而立之年的慌张与油腻，更多的是干净和质朴。

"有没有想过停下来？"我问。

"现在还没有，未来也许会有。"他答。

"再美的海角天涯，最后都会回归到一隅宁静，就像无论城市还是乡村，我相信总会有一处，会是我余生的安身之所。"他又说。

04

苏州又下起绵绵细雨，我坐在窗边，望着雨穿透云层，落在窗外那棵香樟树上。我的心也被这场雨洗礼，宛若香樟树的叶，清新、疏朗。

手机"嘀嘀"响了两声，打开微信，是他发来的几张照片。照片里，天高云淡，绿草如茵，宁静悠远。他说："这是云南腾冲，今天的天气很好，风儿正轻轻从耳畔经过。"

我回："云南的云，是梦的天堂。"

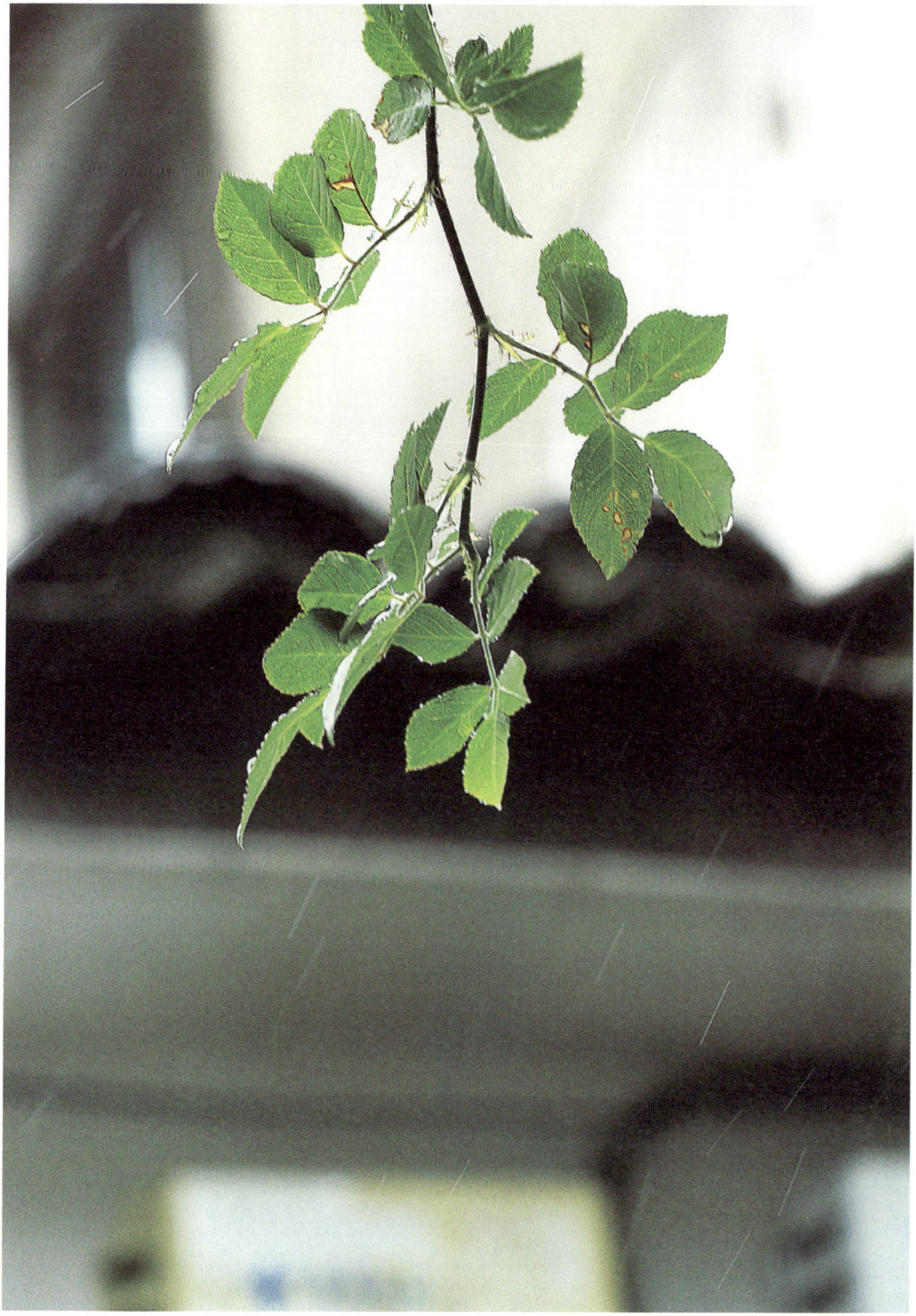

半岛拾梦，总有人天生为梦想而生

"没有人是一座孤岛，而半岛是可以到达的远方。"

说这句话的，是个姑娘，还是个很好看的姑娘。我们坐在玻璃窗前，桌上放着清新的柠檬水，透明玻璃杯在古朴的桌面上，有一种很淡雅的美。然而，我只注意到了这个好看的姑娘。

她笑起来的时候，眉眼弯弯，双目像新生的月牙。黑发别在耳后，梳成高高的马尾。白色T恤，搭配淡粉色裙子，犹如日本电影中的女主角，干净、清爽、恬淡。

她，是书店里的姑娘，因为对书的热爱，毅然辞掉工作，在江南小城开了一家自己的书店。书店位于昆山市同丰路，名为半岛。

01

清晨的第一缕阳光落在书店，她开始了一天的工作，整理书籍，冲泡咖啡，在吧台忙碌。偶尔有客人走进来，找个临窗的位子坐下，低眉是喜欢的书，远望是青绿的草坪。

没有人不向往诗和远方，没有人不喜欢"采菊东篱下，悠然见南山"的自然闲适。但生活就像个上了发条的机器，匆匆忙忙，一刻不得闲。我们被这样的生活追赶着、奔跑着，路边的花儿开了又落，春天来了又走，我们却总是来不及停下欣赏，错过了许多浪漫，又总是为失去和遗憾感到懊恼。

也许有一天，我们终于活成了别人眼中幸福成功的模样，可是，内心却充满了遗憾。远方成了到不了的彼岸，诗成了飘逝的旧梦。二十几岁，难得的是活得明白且清醒。她整理好自己的思绪：追过的梦，无论结果如何，都可以笑着去面对，因为不会有愤懑和不甘。

中文系毕业的她，之前在某大型企业做策划的工作。反复修改的方案，没日没夜地加班，让她开始重新思考生活的意义。其实她并不害怕拼命工作，她害怕的是工作对生活的蚕食。高强度的脑力劳动让她身心俱疲，超负荷的工作让她回到家里倒头就睡，买回家的书，堆在一旁总是来不及看。有一段时间，她时常无助到想哭。

她喜欢阅读，喜欢写日记。大学四年，她大部分时间都是在图书馆度过的。那是她最快乐的时光。晚自修，同宿舍的女孩子不是去逛街就是去约会，她则会穿过宿舍楼前的那片紫薇花小径，来到图书馆，手捧一本《雪国》或《伊豆的舞女》，沉浸在书的世界里，随着情节起伏或喜或悲。

北岛在《波兰来客》中写道："那时我们有梦，关于文学，关于爱情，关于穿越世界的旅行。"十九岁的她心中亦有着许多浪漫的梦想：开家书店，日日与书为伴，书店里要有植物、音乐、咖啡和小酒，还要有故事和远方。

可是北岛在这首诗中又写道："如今我们深夜饮酒，杯子碰到一起，都是梦破碎的声音。"四年时光，倏忽而过。随着那个初夏的到

"江南"两个字，随口一说，就充满了朦胧的气质，是金戈铁马的江湖里，那不问朝夕的儿女情长；是马不停蹄的生活里，那素衣素心的冷暖自知。

来，她告别校园，走向社会。工作后，她依然爱书，但生活与工作，有时候很难平衡，你越是想两全其美，越是无能为力。

每个人都渴望实现梦想，但大多数人都只停留在渴望的阶段，因为害怕改变，所以不敢行动，守着看似圆满的生活，在心底默默遗憾。可也有一些人，她们天生为梦想而生，无论结果如何，至少为此努力过。人生亦是如此，要的是爱过、拥有过、参与过。

02

四月，暮春，江南小城美得犹如上帝遗落在人间的画卷。各色花开，嫩草发芽，街上的行人也换上了轻薄的衫，走在和煦的春风里。就在这样浪漫的四月，她重拾梦想，决定为自己的心留一抹书香。

一侧是公园，绿叶成荫，姹紫嫣红开遍；一侧是菜市场，热闹喧嚣，充满人间烟火。她一下子就被吸引：这才是书店该有的样子呀！生活本来就有两面，有世俗，也有诗意。琴棋书画诗酒花固然雅致，但柴米油盐酱醋茶也是不可或缺的日常，把两方面都过好，便是最美好的小日子。

南方水多、桥多，书店的门前，就有一座小桥。桥下流水潺潺，而书店临街的整面墙都是落地窗，窗内的书店仿佛一座遗世独立的岛屿。

所以，她决定要在书店的名字中加一个"岛"字。可是，不与任何陆地接壤的岛屿，未免显得太过孤独。半岛，连接大陆与海洋，就像书店连接生活与远方。半岛书店，就此得名。

忘了是谁说的，希望自己既可以朝九晚五，又可以浪迹天涯。其实，这也是生活与远方的概念。只留恋生活日常，便少了诗意和浪漫；只贪恋远方梦想，又缺了质朴和温馨。所以，想兼顾生活与梦想,要守得住日常,梦得到远方。

03

你要喝生啤,还是喝咖啡?你要看书,还是看风景?你要听音乐,还是发呆?

日本东京有家叫B&B的书店,有着北欧中古风格的漂亮陈设,定期举办作家交流会和学习沙龙,还有好看的书和好喝的啤酒。无论你是独自埋头看书,还是找个朋友喝生啤,坐在北欧风格的椅子上谈天说地,这里都能让你感受到美与舒适。

半岛书店的经营理念就来源于此,不仅仅是书店,还是一个文艺空间。阅读,本来就不一定要循规蹈矩,更应该是一种舒适的生活状态,缓慢,有思考和留白的空间。

如果非要给半岛定位,它是清吧、是书店,也是心灵的栖息地。午后,你可以坐在窗边,看看书,看看远处的风景。夜幕降临,昏黄的灯光下,驻唱歌手弹着吉他唱着歌,一杯小酒伴夜色。每个人都是故事里的人,每个人又都从故事里暂时抽离,人生如歌,珍惜就好。

三三两两的客人进出往来。一对父女各自选了喜欢的书,坐在窗边阅读。一对情侣点了两杯咖啡,互相倾诉着衷肠。一个姑娘打开背包里的小笔记本,忙碌着工作……

音乐柔婉,时光漫漫。她安静地做着咖啡。

干净、清爽、恬淡。

她用手中针线，绣江南烟雨如画

日暮堂前花蕊娇，争拈小笔上床描。
绣成安向春园里，引得黄莺下柳条。

周末的午后，房间里散发着百合花的香气，风从窗缝里吹进来，吹到摊开的书页上，吹到这首诗上。这是唐代诗人胡令能描写绣娘的诗句。黄昏时分，美丽的绣娘飞针走线，绣出满园春色。巧夺天工的技艺让黄鹂都被迷惑，飞下柳条，飞向锦绣的花间。

我看着这首诗，想起前些天遇见的她。她擅长苏绣，在姑苏小城，用针线绣出江南如诗的烟雨。

世间来来往往的人那么多，大多数都只是擦肩而过，甚至来不及回眸望一眼那人的容颜。只有寥寥无几的人，才有相识相知的缘分。

01

在苏州的十全街上，有一家小小的门店，名曰绣缘。很简单的两个字，甚至谈不上诗意，但是却承载着几代苏绣艺人的情怀。

踏进这间绣坊，我见到了韩晓钧。齐耳短发，可爱温暖的笑容，是我对她的第一印象。好友丹妮介绍："这是苏绣艺人韩晓钧，我们平时都叫她韩姐。"人与人之间，有时只需要一个眼神，就可以确认两个人是否意趣相投。我抬起头，与韩晓钧四目相对。她的眼睛里，有手艺人的真诚与执着，有对生活的希望和热情。

"这些都是您绣的吗？"我看着店里琳琅满目的绣品，有团扇，有屏风，还有挂画，件件优雅别致。

"大部分是我绣的，有的是我母亲绣的。你看这幅百合图，是我和母亲合作完成的，这些百合花是我绣的，青花瓷瓶是我母亲绣的。"她说着，手指向摆放在最高处的一幅作品。我顺着她手指的方向望去，一幅清雅的百合花刺绣映入眼帘。极具江南情调的青花瓷瓶中，插着一朵朵白百合，还有一枝散落在瓶边，底色是清新自然的黄绿色渐变。

真美。我在心中惊叹道。手作的魅力，现代机器永远无法比拟。那一针一线，饱含着手艺人对艺术的理解和对生活的热爱。手艺人都有匠心，对于一名绣娘来说，针线就是她的世界。在那个世界里，花团锦簇，山河多娇，年华似水，岁月如歌。

"小隐，你看，这是我母亲绣的玉兰花。她已经七十多岁了。"说话间，我看见一把绣着玉兰的团扇，立在一张荣誉证书旁边。证书上写着：郑美珍同志从事工艺美术行业三十余年，为我国工艺美术事业的发展作出了极大贡献。特发此证，以资鼓励。那玉兰绣得真美，好似一位亭亭玉立的大家闺秀，大气、温婉，有着少女般的纯洁。

一件苏绣作品，从构思到配色，再到穿针引线，一步一步地绣下去，花费的不仅是时间，更多的是绣娘的情感。韩晓钧说起店里的

当工业化代替了手工,失去的不仅是手工技艺的传承,还是古老诗意的生活美学。四季不追不赶,草木不急不争,所以它们长情。如果我们也能让自己慢下来片刻,是不是也会更懂得深情与长久?

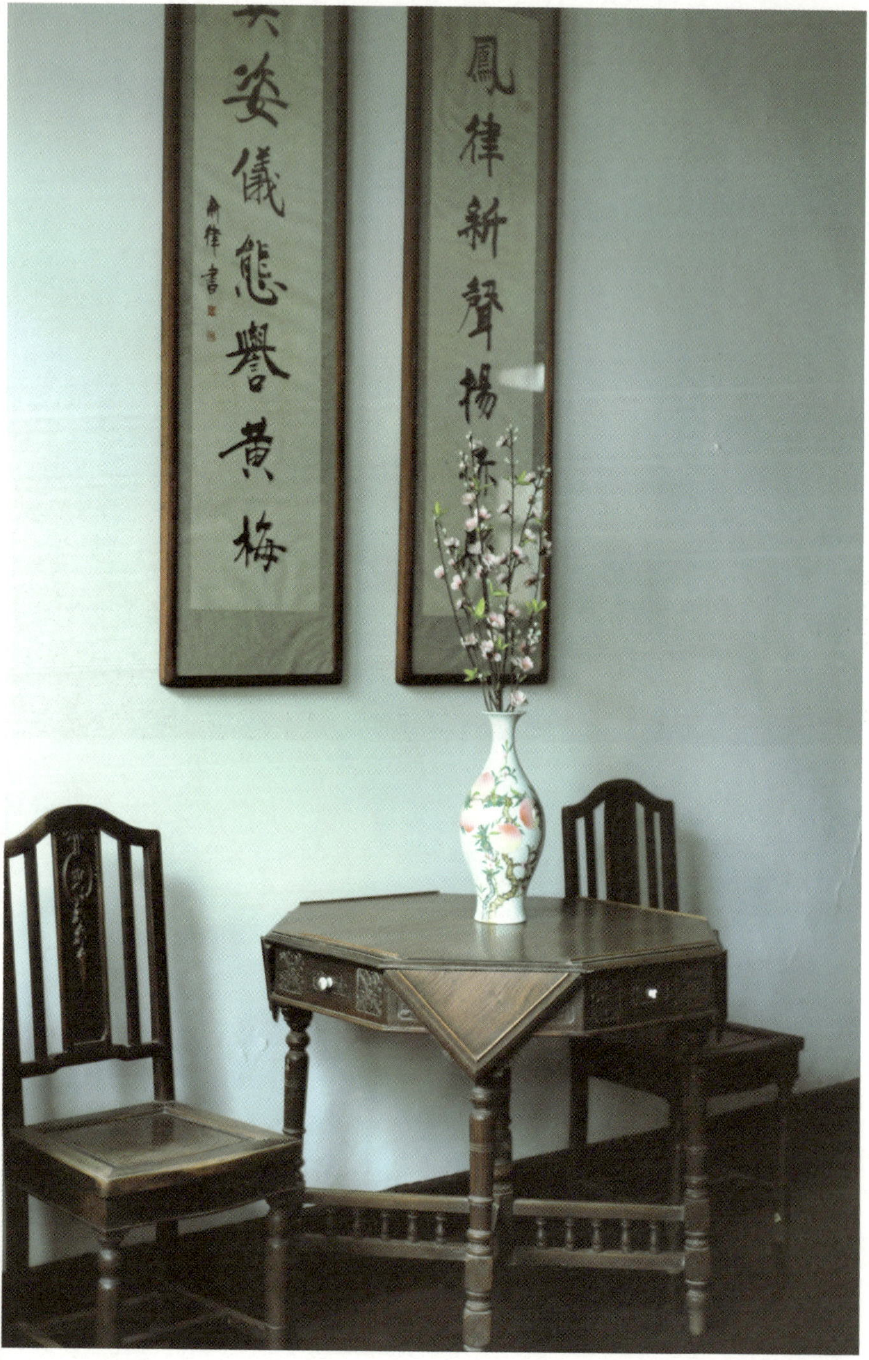
鳳律新聲揚
姿儀態譽黃梅
俞律書

一日一生活，从微小的事物开始持之以恒。比如低头看鱼儿嬉戏，比如抬头与阳光拥抱，比如在街边的安静小店与行人擦肩，都那样美妙。

绣品，言语间透露出深爱和珍惜。她说："许多时候，有人到我店里来，我一看就能知道他是不是真正喜欢苏绣。若真的是有缘人，哪怕价格低些，我都愿意卖。我最开心的是这些绣品遇见真正爱惜它们的人，有缘人遇有缘绣品，这是幸事。"

她说这话的时候，神情宠辱不惊，淡然而随性，我能够感受到她身上的匠人精神。

世间的人与事，太过纷繁复杂。然而总有一些人，守得住初心，在漫长的时间长河里，将日常生活过得朴素而优雅，活得坦荡又从容。

02

苏绣，民族传统手工艺，发源于苏州吴县（今苏州市吴中区），至今已有两千余年历史。苏绣与湘绣、蜀绣、粤绣并称为中国四大名绣，并位列四大名绣之首，2006年被批准列入第一批国家级非物质文化遗产名录。

苏绣作品形象逼真，栩栩如生。《红楼梦》第五十三回这样写道："原来绣这璎珞的也是个姑苏女子，名唤慧娘。因他亦是书香宦门之家，他原精于书画，不过偶然绣一两件针线作耍，并非市卖之物。凡这屏上所绣之花卉，皆仿的是唐、宋、元、明各名家的折枝花卉，故其格式配色皆从雅，本来非一味浓艳匠工可比。每一枝花侧皆用古人题此花之旧句，或诗词歌赋不一，皆用黑绒绣出草字来，且字迹勾踢、转折、轻重、连断皆与笔草无异……"苏绣，灵动精致，而这名唤慧娘的绣娘，是姑苏女子，由此又道出苏州人杰地灵，文化底蕴深厚。

韩晓钧也是苏州人，如今已过不惑之年。她从小在母亲的熏陶下，绣花、绣鸟、绣鱼虫，如今守着小店，专注苏绣，传承文化。

苏州静思书院位于苏州城区滚绣坊41号，韩晓钧和母亲郑美珍在这里教授学生苏绣技艺，至今已四年有余。当初，静思书院邀请郑美珍女士和其女儿韩晓钧去授课，要给她们酬金，但她们母女俩却说，她们去教课，是为了苏绣的传承，将苏绣这门古老的艺术传承下去比什么都重要。所以，她们始终坚持义务教学，在教学质量上也从未怠慢。

"对于苏绣的传承，您觉得现如今状况如何呢？"

被问及传承的时候，韩晓钧略有些迟疑。她说："我们的课堂，来学习的大多是四十岁左右的刺绣爱好者。现在的年轻人很少能静下心来，但是做手工艺，就必须要有耐心、恒心和静心。年轻人都渴望外面的世界，不肯安安心心地坐几个小时，更不要说花费几个月绣一幅作品。虽然喜欢苏绣的年轻人不算少，但喜欢归喜欢，传承，需要的不仅是喜欢，而是脚踏实地地去努力，自己去做这件事情。"

一件小的团扇作品，至少要一周才能完成，而大的挂画或是屏风，更是需要好几个月，甚至半年才能完成。这是一个人对一件事情的专注，是永远不灭的赤子之心。

因为母亲是绣娘，韩晓钧小时候就开始在寒暑假帮母亲做些简单的针线活。那时，韩晓钧每年的学费都是用自己的绣品换来的钱交的。韩晓钧出生在苏绣世家，公公曾是苏州剧装戏具厂的高级工艺师，母亲郑美珍曾在苏州刺绣厂工作，她母亲说："刺绣是我一生的事业，也是我的生活方式。"如今，苏绣传承到韩晓钧这里，是第五代。

早些年，韩晓钧的母亲做苏绣，而韩晓钧还在做其他工作，每天无论选择了怎样的人生，都不要纠结失去和遗憾。相信在做出选择的那一刻，我们已经拥有了最好的人生，努力、用心去感受它就已足够。

朝九晚五地上班。可母亲的年纪越来越大，不能长时间地坐下来刺绣，韩晓钧便辞掉工作，帮助母亲一起将苏绣传承下去。现在，她几乎每天都绣，苏绣已经融入她的生命，像吃饭睡觉那样，平凡而不可或缺。

我们每个人都在尘世中寻找着诗意栖居的方式，对于韩晓钧而言，苏绣就是生活中诗意的来源。又或者，她觉得这并不算得上诗意，只是一种对生活的表达。然而，谁又能说这样的表达不是如诗如画的人生呢？

03

物无言，人有情。苏绣是姑苏小城里的一抹黛色，装点江南烟雨，晕染开来又温柔了岁月。

回到初见那一天，韩晓钧坐在雕花窗前，绣一幅烟雨江南图，一针一线，仿佛在绣着流年。

我看到她的绣花针，轻轻地穿过绣布，蚕丝线落在绣布上，留下有温度的痕迹。她安静刺绣的模样，如同旧时的闺中少女，古典而沉静。

时间，它带走了青春年少，但也送来了平和从容。我们总是等不及积累和沉淀，在年纪轻轻时就迫不及待地想要探求生命的意义。生命的真正意义究竟在哪里？我想，也许就在你专注于一件事情时，深沉的眉眼之间。正如韩晓钧，她用自己手中的丝线和绣布，不疾不徐，将年华绣成一朵洁净的莲花，开在江南，不染凡尘。

初夏，苏州城开满火一样的石榴花，天朗气清，惠风和畅。韩晓钧和她的母亲，用她们的方式，传承苏绣文化，记录锦绣江南。

愿世间人，拥有世间爱

01

三年前，她像李宗盛歌词里写的那样：曾经真的以为人生就这样了，平静的心拒绝再有浪潮。

她曾奋不顾身地爱过一个人。高中三年的暗恋，甜蜜却也酸涩。她像揣着一个遥远的梦，不敢触及又渴望靠近，只能默默地关注着他，爱得沉默，爱得执着。

清晨七点多钟，他会路过柳枝巷，在巷口的那家小卖部买牛奶和面包。傍晚五点多钟，他会再次路过柳枝巷，骑着单车，蓝白色校服在风中忽闪而过。

……

她把关于他的日常都写进了日记，小本子明白她的情深，可他却不懂她的心事。

高中的毕业晚会上，她喝了酒，有些微醺。路过他身边时，她在擦身的刹那轻声说了一句："我喜欢你。"不知道他有没有听见。聚会上太嘈杂，酒杯碰撞声、告别声，声声入耳。

02

她填了与他相同的志愿,去了本省的一所师范学校。其实,她本可以选择自己热爱的音乐学院,继续学习钢琴。她从五岁开始就一直与钢琴为伴,她曾经的梦想就是考上音乐学院。可是,遇见他之后,她的梦想就变成了与他执手。

开学那天,她给他打电话,说:"我们一起走吧。"他答:"好的。"

整个班级,只有他们两个人选择了这所师范院校。作为老同学,总归要相互有个照应。她慢慢地与他熟络起来,而他,似乎并不讨厌她。

爱情在大学里遍地开花,不是没有人给她写情书、向她表白,只是,她把那些情书撕碎,都丢到了风中。因为她的心早已给了他,从十六岁他们遇见的那天开始。那是高一新生报到的日子,她站在他的身后。不知道是因为那天的阳光刚好,还是那天他穿的白衬衫耀眼,她抬起头,仿佛看见一束明亮的光,细碎、轻盈、温暖。

03

秋去冬来,她学着宿舍里的姑娘,在学校门口的精品屋买了毛线,一针一针地编织自己的爱情。她把织好的围巾缠上丝带,系上蝴蝶结,递给他。

冬月二十,是他的生日。

"喏,给你织的,戴上试试行不行。"她低着头,小声说道,"第一次织,还不太精致呢。"

冬月,小城下了雪,雪花飘飘洒洒,落在她的长睫毛上,落在校园里昏黄的路灯上。他接过她手中的围巾,说:"你帮我戴上吧。"

她错愕，以为自己听错了，呆呆地站在雪中一动不动，样子又傻又乖。

"你帮我戴上吧。"他又说了一遍。浑厚的声音在空气中凝结成一朵雪花，飘进她的耳朵。

她小心翼翼地为他戴上自己亲手织的围巾，又低下了头。她在他的面前总爱低头，仿佛应了张爱玲的那句爱情名言："见了他，她变得很低很低，低到尘埃里。但她心里是欢喜的，从尘埃里开出花来。"

"你喜欢我。"他的语气不是疑问，而是陈述，似乎也不需要她的回答。

"我们，在一起吧。"他又说了一次，依然是不容置疑的语气。

她抬起头。他的唇已经贴到了她的唇上，凉凉的，像雪花。

这段爱情里，她的痴，是注定了的。她想，从十六岁的暗恋开始，这爱情就注定是她一个人的独角戏。但是，爱情这东西，只有一个人是不够完美的。

大学四年，她的心始终炽热，为他，也为这份爱。而他，似乎只停留在最初的心动。在相爱的那几年里，他未曾辜负过她。只是，走到毕业的十字路口，无法确定的未来终究让两个人渐行渐远。她想过，毕业后他们就回到家乡，过平淡安稳的日子，两个人相守相伴，共度余生。她的每个计划里都有他，但他的每个计划里，她都只是过客。

毕业后，她独自回到家乡，做了一名中学老师。而他选择了离开，杳无音信。七年的爱情，三年苦涩暗恋，四年甜蜜相伴，也许，这已经是上帝的慈悲吧。她没有歇斯底里地哭闹，也没有一蹶不振，只是，那曾经炽热的心，已然结了冰。

04

他离开的几年，她生活平静，如同原野上的一株野草，随着寒来暑往生长枯荣，没有起伏，没有波澜。

二十八岁那年，她在大学闺密的婚礼上遇见了青木。她是伴娘，他是伴郎。那天，她坐在台下，听着这对新人的海誓山盟，竟然落了泪。这些年，她心如止水，以为自己不会再为爱情动容。可是，真的面对其他人牵手宣誓的刹那，她还是悄悄地掉了眼泪。

闺密与如今的爱人，大学相识，毕业后共同奋斗，直到如今走入婚姻殿堂。读书的时候，他不是最帅的那个男生，而闺密是系里的系花，追求者络绎不绝，情书堆满了她的抽屉。

可是她却偏偏看上了并不帅气的他。在那个男生追求女生都疯狂送花、送精品小礼物的年代，唯有他，送了她一套《三毛全集》。他并没有准备很浪漫的表白，只是笨拙地说："知道你喜欢看书，我就买了套《三毛全集》，希望你喜欢。生日快乐啊。"是的，这套书竟然是生日礼物。但就是这份特殊的生日礼物，让他们自然而然地走到了一起。

大学毕业，他们一起去北京打拼。开始时条件很艰苦，他们一起住在阴冷潮湿的地下室。后来日子慢慢好些，他们从地下室搬到了隔断间。半年前，闺密和男友去安徽宏村旅行。两人被这里的风景迷住，那种原始的春耕秋收，让他们开始审视如今的生活。

从宏村回来，他们做了个决定，拿着准备在北京买房的积蓄，打包好行李，再次回到了宏村。他们决定换一种生活方式，在这片山清水秀之地，开一家客栈，日出而作，日落而息。回归自然的他们，每一天都是喜悦的。他们在客栈种了许多花草,养了两只猫咪。旅游旺季,他们在客栈忙碌着;淡季,他们把时光浪费在美好的事物上,旅行、写作、阅读,日子平淡又安稳。

几个月前,她收到闺密的喜帖。他们终于走向了爱的另一种形式:婚姻。于他们而言,婚姻不是爱情的坟墓,而是喜悦的延续。

她的脑海中回放着新娘与新郎的种种往事,又想起他,那个她暗恋三年,与之相爱四年,却与自己再无关联的男人。她端起桌上的酒杯一饮而尽。真爱是多么美好,只是,她的爱情从一开始就是一个人的独角戏。

婚礼很热闹,她并没有注意到坐在旁边的青木。直到后来,青木才告诉她:"那天,我看着你望向红毯的眼睛,有一种让人爱怜又捉摸不透的蒙眬。"

她不胜酒力,不知是因为感动还是伤心,她竟然又喝了许多。是青木送她回的酒店,当她醒来,看见青木站在窗前。她惊讶地起身,青木转过头,问:"你醒了?"她点点头。原来,那个夜晚青木一直没有睡,守着她直到天亮。

四季轮回,又到了冬天。小城下了雪,青木手捧白百合,轻轻地说:"我们在一起吧。"咖啡店里的音乐太温馨,空气中仿佛都染上了温暖和爱意。她接过百合花,点头说"好"。

青木很懂生活,天气冷的时候会煲汤给她喝,暖胃又暖心。曾经,她是个不吃早餐的人,和青木在一起后,青木每天清晨都会变着花样为她做早餐。在这样的爱中,她又慢慢找回了爱人的能力。

小城的生活,缓慢又充满烟火气。他们会踏着夕阳的余晖,并肩走在菜市场,为两人的晚餐准备材料;他们会在春天来临时,一起种下她爱的花,期待满园芬芳;他们还会在风清月明的夜里,泡一壶淡茶,两人对坐,无言却深情。

有了爱,剩下的就是慢慢享受生活。

05

世间有许多爱,需要跋涉万水千山才能遇见。相爱时,用心用力去爱;道别时,转身释怀地离开。爱是两个人的懂得与付出,如果只有单方面在努力,那就像跷跷板,总有一边高一边低,找不到平衡。爱应像舒婷的诗中所写,以同样的姿态并肩站在一起,分担挫折与失意,共享美好和梦幻。两个人各有各的思想,坚强又独立,而不是一方完全依附于另一方,也不是单纯的狂热和痴迷。

你来了,我们一起看世界。你不来,相信你一定在来的路上。你走了,我会在心中把美好珍藏。你在身边,我会带着爱与你共同向前。

愿世间人,都能拥有爱,付出爱,得到爱。

爱你,是我今生最幸福的决定

秦小川十六岁之前,一直是父母和老师眼中的问题少年。直到他遇见陆笙。

高一的下半学期,陆笙成了秦小川的同桌。陆笙恬静,功课门门优秀,从小学习钢琴、绘画等。而秦小川调皮,爱惹事,除了体育和写小说之外,似乎找不到其他特长。

上课的时候,陆笙认真地记着笔记,秦小川就趴在桌子上,不是呼呼大睡,就是偷偷看藏在课本下面的小说。陆笙与秦小川很少说话,有时,秦小川会默默地看着陆笙,不明白她为什么总是那样安静。

半年后,他们升入高二,有一天,陆笙突然转过头问正在看小说的秦小川:"你的梦想是什么?"秦小川愣住了。梦想?他好像从来没想过这件事情。高中毕业,考大学,他是没有希望的吧?那他以后究竟要做什么呢?秦小川挠着头,不好意思地说:"我、我不知道。"

"你想不想当小说家?"陆笙突然这样问,"你可以去考大学,学中文,以后当小说家。"

秦小川没有说话，只是久久地望着旁边的陆笙。她那么美，黑色的长发在脑后梳成马尾，眼睛里总有明亮的光芒。考大学？学中文？当小说家？秦小川反复想着陆笙刚才的话。

谁也没想到，第二天，秦小川就像换了个人。他上课不再睡觉或者偷看小说，而是认真听讲，做笔记。就连那一头像"金毛狮王"一样的头发，都剃成了寸头。

秦小川很聪明，他只要上课认真听讲，知识学起来就很快，就连男生都很头疼的王维、陶渊明的诗句，他都能顺溜地背下来。当一个人的聪明遇上努力，结果一定超乎想象，秦小川就是个很好的例子。

北方的冬天很冷，下第一场雪的时候，班级进行了第一次模拟考试。陆笙第一名，秦小川第二名。陆笙歪着头看秦小川，眼睛里满是温柔，浅浅的微笑在她的脸颊晕开，一对小酒窝显得特别可爱。秦小川也看着陆笙，两个人相顾无言，却胜过万语千言。

高二寒假，秦小川除了学习，就在他那带锁的笔记本上写字。没有人知道，他在上面写了什么，更没有人知道，那个本子替他收藏的少年故事。

三月初四是陆笙的生日。那天，秦小川早早来到教室，悄悄地把那个笔记本放在陆笙的课桌里，上面放了一张纸条，写着本子的密码。陆笙打开那个记事本，第一页写着：此故事献给陆笙。她继续往下看，原来秦小川用整个寒假的时间为陆笙写了一部小说。故事的末尾，秦小川写道："陆笙，生日快乐。"陆笙一时间不知如何是好，她捧着这份珍贵的礼物，脑海里浮现出秦小川的笑容。

之后的高中生涯，陆笙与秦小川的名字在每次考试的排名中都紧挨着，一个第一，一个第二。秦小川并没有对陆笙说过"我喜欢你"，他想等高考结束再向陆笙表白。他们要考同一所大学，然后一起毕业、工作、结婚，再生一双儿女。而陆笙的日子，一如既往，她和秦小川一样，为高考努力着。

意外是在高考前一个月发生的，陆笙在去学校的路上被一辆突如其来的车子撞倒，车轮从陆笙的一条腿上轧了过去。肇事司机慌了，赶紧把陆笙送到医院。只是，陆笙的一条腿还是做了截肢手术，以后的日子都要在轮椅上度过。

秦小川听到这个消息的时候，正在教室里做模拟试题，他扔下手中的试卷和笔，背起书包向医院跑去。见到躺在床上的陆笙，脸庞依旧温柔，马尾辫依然高高地绑着，可是，他在她的眉眼里，看到了一丝惆怅。与陆笙同桌那么久，这样的惆怅，秦小川从未见过。

秦小川从书包里掏出一张干净的白纸，一会儿工夫，漂亮的爱心出现在陆笙的眼前。"送你。"秦小川的声音低沉，饱含温柔。陆笙接过秦小川手中的折纸，语气平淡地说："谢谢。"

秦小川走的时候，附在陆笙的耳畔小声说："陆笙，你等我。"

陆笙望着秦小川走出病房，眼泪不争气地落了下来。等他？等他功成名就？等他衣锦还乡？可如今这样的陆笙，不能与他一起向前的陆笙，还配分享他的功成名就与衣锦还乡吗？

十八岁那年暑假，秦小川顺利地考上了中文系。离家的那天，他没有去看陆笙。他知道，他要给陆笙的爱，来日方长，而现在他要做的是马不停蹄地向前奔跑，为了两个人的未来去努力。

秦小川离开家乡，来到Z市。校园里香樟树的叶子绿得浓郁，午后的阳光透过叶间的缝隙落到地面上，斑驳而又浪漫。秦小川心底的思念如同这斑驳的树影，忽明忽暗。他想起陆笙浅浅的笑容，想起她认真地问自己"你的梦想是什么"。

他把思念写成一封封情书，折叠成爱心形状，装进透明的玻璃瓶中。"四年，你等我，陆笙。"秦小川在心底默念。

上帝拿走你一样东西，一定会在无形中还你一样东西。出院后的陆笙，在小城开了培训班。她虽然失去了一条腿，但她还有一双纤巧灵动的手，挥毫于纸上便开出娇艳的花朵，起舞于琴键上便奏出动人的音符。整日与孩子待在一起，陆笙仿佛住进了童话世界。除了上课教授钢琴和绘画，业余时间都在学习，希望在琴艺和画艺上不断精进。

大学期间，秦小川笔耕不辍，不断地在报刊上发表文章。大四那年，秦小川把当年写给陆笙的那个故事，投稿给本地知名的《金陵》杂志社，并在《金陵》上连载。因为他的《遇见笙歌》，那几期的杂志销量特别好，杂志社主编给秦小川去信，希望他的这部小说可以出版成书。

秦小川收到杂志社的信时，正在准备毕业论文的事情。出版成书？他想起少年时，陆笙说的那句"以后当小说家"。这些年，他真的考上了大学，读了中文系，现在还可以出版小说？秦小川立马给杂志社主编回信，三天后，秦小川与《金陵》杂志社签订了出版合同。

书籍发行的那天，秦小川正式毕业。他拿着毕业证和新书，回到了家乡。他要去陆笙家里，告诉陆笙："四年已到，我们在一起吧。"

彼时，陆笙的首场钢琴独奏会正在筹备当中。四年未见，秦小川有了成熟男人的样子，陆笙也出落得更加亭亭玉立。在时间的冲刷下，他们都改变了许多，而不变的是相互吸引、彼此珍视的情意。

秦小川把大学四年写下的情书，整整99封，一封封从玻璃瓶子里拿出来，和刚收到的出版社寄来的样书一起递给陆笙，干净的声音在空气里回响："陆笙，我们结婚吧。"

陆笙看着手中的情书和书籍，用力地点了点头。"秦小川，你真的回来了。"她的声音有些颤抖。"是的，谢谢你一直等着我。"秦小川看着陆笙的眼睛，轻轻地说。

婚礼在两个月后举行，他们的高中同学和老师都来到婚礼现场，为秦小川和陆笙送上祝福。秦小川的书籍发行后销量很好，又被一家影视公司看中，翻拍成电影。陆笙的钢琴独奏会也很顺利。那一年，陆笙还顺利地举办了画展，并迎来了她和秦小川的一对龙凤胎宝宝。

电影首映日，秦小川带陆笙去看。他们坐在电影院里，看着银幕上的人物和故事，两个人的手紧紧相握。那一刻，他们都知道，爱，是永恒的追寻；爱，可以让一个人变得更好。秦小川因为爱着陆笙而努力追梦，而陆笙因为秦小川的爱，变得更加坚强和勇敢。

两个人婚后的生活平淡却也充满诗情画意。秦小川是个热情浪漫的男人，陆笙喜欢花草，他就在阳台种满植物。陆笙最爱向日葵，秦小川沿着墙边种了一排向日葵，每年七月一到，花开得放肆、热烈。秦小川与陆笙坐在葵花边，聊着细碎日常，风轻轻吹过，阳光温柔。陆笙把头轻轻地靠在秦小川的肩膀上，脸上露出心安的笑容。

小镇爱情故事

　　素曼与先生禾清都是中学老师，一起生活在一座连在地图上都很难找到的南国小镇，他们与山水为伴，过着教书、种花的小日子。

　　我曾问过素曼，大学毕业就回到小镇教书，是否会有遗憾。她欢愉地说："这就是我喜欢的生活模样。"哪怕隔着千万里的距离，我依然能感受到她言语间的快乐。

　　我与素曼通过文字结识。那时，我刚大学毕业，因为对文学的热爱，我进了一家杂志社做编辑。素曼是我做编辑时遇见的作者，后来，我们逐渐熟络起来，我也慢慢地了解了她的故事：比我早毕业一年，汉语言文学专业，大学毕业后回到小镇，做了一名语文老师，偶尔写作，向杂志社投稿。

　　我对着电脑敲下这样的文字："素曼，真羡慕你的勇气，种花种田，教书育人，生活如童话般美好。"过了一会儿她回复我："小隐，其实任何一种生活，都不是完全美好的。只要心有了归属，在哪里都是幸福。"

　　原来，我以为的勇敢，是素曼抵抗着许多世俗的偏见换来的。不过,只要你认真生活,再大的流言最终都会化为泡沫。说到底,日子是自己的,是否过得开心快乐,只有亲历的人才有资格回答。

素曼刚回到小镇时,身边许多人都不理解。大好年华,却把自己安顿在并不繁华的小镇上,但她说:"做一名语文老师,平和地过好每一天,这就是我要的幸福。"

她用文字记录着刚到这所学校时的日常,那些温暖的句子,每读一句,我都能感受到她对这个世界的善意和对孩子的爱。她写道:"这一生,若能遇一良人,养个可爱的女儿,也算不枉此生。"后来,她真的遇见了他,一个同样喜欢孩子、喜欢教书的大男孩。

她来到这所学校的第二年,在九月的迎新晚会上,她是女主持人,他是男主持人。那天,她穿着一条过膝的白色连衣裙,声音如银铃般响在他的耳畔。而他的声音,亦如磐石般在她的心中挥之不去。

晚会结束,她知道了他是初二年级的体育老师,他知道了她是初一(三)班的语文老师。巧合的是,他们两个人的生日竟然是同一天,只是他比她年长两岁。

此后的日子,他们常常聊起文学,聊起对教育的热爱,两个人相谈甚欢,自然而然地相知相爱。他们在学校附近租了一间民居,将其打造成两个人温馨的小家。房子不大,但是有个院子,这让她欢喜了好久。

那是一座老房子,青砖黛瓦,院子里铺着一条鹅卵石小路,直通到大门口。深褐色的大门旁边栽种着青竹,她说:"东坡先生宁可食无肉不可居无竹,我们小院儿门前的这丛竹,是不是也有这般美意?"他宠溺地笑:"当然。"

春天来了,他们在小院儿种上蔬菜花草,他拿着锄头,一点点地松土,她跟在身边,一颗颗地把种子撒在地上。她穿着裙子,春风一吹,裙摆就随风飘荡。他松一会儿土,就抬头看一看她,两个人相视一笑,无言,却充满了幸福。

初夏,小院儿里的花都开了,她带着班里的孩子们在院儿里学习古诗词。读到易安的"沉醉不知归路",有个小女孩站起来说:"老师,我们在你的花园里'沉醉不知归路'哦!"她很喜欢这个小女孩,梳着两个羊角辫,眼睛又大又亮,笑起来的时候,两个小酒窝仿佛斟满了佳酿。

素曼是个很懂生活的姑娘,她会花上很长时间,慢慢炖出一锅鸡汤,鸡肉去皮,这样可以减少油腻感。等禾清下了课回家,她把半凉的鸡汤盛在朴素的小木碗里,等他一起品尝。

禾清是个极细心的男子,他会帮素曼修剪长了的刘海儿和指甲。起风的夏日,他会对着温热的夏风,大声呼喊素曼的名字。他说:"我要让夏天的风把我们的爱收藏,我要让每一朵花、每一株植物都知道,我爱的姑娘叫素曼。"

她听着他的声音,在耳畔响起又消失,消失又响起,她把头轻轻地倚在他的肩上,想着这一生,她会永远与这个男子在一起,嘴角不自觉地浮现出幸福的笑容。

他们所在的学校后面,是一片连绵的青山,南方的山,不高,但十分秀气。假期时,禾清会牵着素曼的手去山中散步。他会采一朵小野花,别在她的头发上,当作发簪。淡淡的花香,与她长发上的柠檬洗发水的味道混合,让他迷恋。他捧着她的脸,深情地说:"素曼,我们结婚吧。"她的眼睛里住着他的模样,干净的白衬衫,浓郁的眉毛下长着一双细长却好看的眼睛。

就这样一生一世相伴,真好。她这样想着,用力地点了点头。

婚礼很简单,她班级的女生身着白裙,戴着花环,簇拥着她,走过绿草坪,走过红地毯。微风轻柔,吹着她礼服的衣摆。洁白的婚纱,映衬着她因羞涩而略带红晕的脸颊。

"你愿意一生一世守护身边的女子,不离不弃吗?"

"我愿意。"

"你愿意陪伴身边的男子,不离不弃吗?"

"我愿意。"

她把双手交给这个温润如玉的男子,也把她的一生交付给他。她的学生们齐声说:"素曼老师,愿你一生幸福开心。"那一刻,她在心中默念,愿无岁月可回头。她知道上帝对她的垂怜,她应当珍惜。无论外面的世界多么精彩,她都不想拿此刻拥有的一切交换。

婚后,他们把那座老院落买了下来,这里真正成了他们的家。生活进入柴米油盐的日常,他们从未红过脸,她的温婉和他的细致,让平淡的日子充满了浪漫。

她还有个小心愿:"有生之年,养一个女儿,给她童话一样的爱。"半年后,她感受到身体在一点点变化,那个即将到来的小生命,给了她更多的期待与向往。

早春三月,他们的女儿呱呱坠地。小丫头生得漂亮,遗传了母亲的大眼睛和父亲清秀俊朗的气质。她看着襁褓里的婴孩,想着小丫头会像小蝴蝶那样,慢慢长大,飞向自己想去的地方,前几日分娩的痛苦,已经忘了个干净。

她给女儿起了个乳名——Angel，因为女儿就是她心中的小天使。每次唤女儿的乳名，她的声音里都满是甜蜜和怜爱。

他右手抱着小Angel，左手紧紧地牵着她，与她并肩漫步在夕阳下的操场上。

后来，我离开了那家杂志社，辗转多年，定居在一座北方的二线小城。素曼与禾清，依旧在南方小镇，过着教书、种花的生活。他们的小Angel，已经会叫爸爸妈妈、会追着蝴蝶满山野奔跑了……时光，真是润物无声。

小Angel出生后，素曼一直保持着每月给她写一封信的习惯。素曼说："我希望可以用文字记录下Angel的成长，等有一天我老了，这些文字，将是我为她留下的爱和思念。"

春雨沥沥，小Angel看着窗外的雨花，要去操场玩水。禾清撑着伞陪她，雨水顺着白色雨伞滴落，是那样干净透明。素曼说："我站在窗前，看他们父女俩在雨中嬉笑欢闹，我的心，亦如这春天一样，温柔、喜乐。"

如今，小Angel五岁了，她的模样很有古典气质，长长的睫毛遮挡住明亮的双眼，黑发垂落在双肩，额前的刘海儿随意地散在眉目之上。因为长期生活在山清水秀的环境中，小Angel的美也是同样的清新脱俗。

日子一天天过去，生活在小镇上的时光如同流水，缓慢而悠长。素曼与禾清最大的快乐，是看到小Angel快乐成长，两个人朝朝暮暮。时间，自然会解答生命的意义。

素曼曾拜访过一位老教师，她教了一辈子书，桃李满天下，如今已经九十高龄，身体依旧健朗。她的家里干净质朴，退休后的她在家里侍弄花草、菜园，天气好的时候，就坐在院子里晒晒太阳，翻一翻旧书，眉目间从容又清朗。

我猜想，许多年后的素曼和禾清，大抵就是这般吧。那时，Angel会长成如诗的模样，而他们，会优雅地老去，日子清淡，但每一天都能感受到生命的喜悦。

此心安处是吾乡

春天的乡村，美得天然去雕饰。路边各种不知名的小野花，开得迷人又热烈。远山与云雾交相呼应，风穿过花园送来阵阵清香。清慈一见到我就露出浅浅的微笑，她的笑，与几年前一样，略带几分羞涩和恬淡。

她穿着一件白色长裙，长发安静地披在肩上，风一吹，额前的刘海儿就欢快地跳动几下。她轻轻地唤我的名字："小隐。"那声音，如同春水，滑过我的心间。

我们回到她的家里。那是一座老屋，院子不大，种满许多我叫不上名字的花草，而清慈对它们如数家珍。屋子里的布置简洁朴素，没有过多的装饰，却让人十分舒服。我们坐在她和先生秋木的书房，她与我说起自己与秋木的故事。我看到她眼睛里闪烁着幸福的光芒，那是被爱着的人才会有的，仿佛孩童一样，天真、干净。

他们的书房，是家中最大的房间，有一个秋千架、两张椅子和一张长桌，桌子上放着清慈和秋木的合照。照片上，清慈一身素色长裙，正在低眉采一朵莲花，而清瘦的秋木穿着一身靛蓝色长衫，站在她身后温柔地望着她。

"这张照片真好看。"我说。

"这是他母亲为我们拍下的。"清慈说道,"那时,他带我回他的故乡,荷花开得正好。我多么爱荷花呀,就想采下几朵插在粗陶瓶里,放在老屋。秋木陪着我,他的母亲说当时的画面很美,就悄悄地拍下了这张照片。如今,母亲去世两年了,每当我看到这张照片,就会想起她,那个美丽、清瘦、和善的老人。"

我静静地听着。清慈的声音很低,说话时眉眼间透着一种感动,那是关于过去美好的追忆。

清慈遇见秋木的时候,是深秋。那时候,秋木并不是世俗意义上的好选择,因为他唯一算得上财富的,只有一屋子的书。

"那年,我还在小城的中学教书,秋木是一家网络公司的平面设计师。一场读书会,让我们对彼此有了心动的感觉。秋木那天读了一首自己写的诗,名字叫《听见花开的声音》。"清慈轻声讲着,"他的声音宛若天上的云朵,纯净而美好。我坐在台下,痴痴地望着他,竟想着:如果能成为他的妻子,该是多么幸福的事情呀!后来,这件事真的成了现实。你知道吗?我今生做得最正确的决定,就是嫁给秋木。"

我懂,我都懂。我望着清慈的眼睛,点了点头。

清慈的人一如她的名字,干净、温柔,只有携手秋木这样的男子,我才会觉得,上帝是仁慈的。读大学时我和清慈住上下铺。这么多年过去了,我始终都记得我们初遇的场景。开学第一天,我拖着笨重的行李走进宿舍,看到一个长发白裙的女孩正坐在书桌前看书。她看到我走进来,给了我一个莲花般清澈的微笑:"你好,我叫清慈。"我也冲着她笑:"你好,我叫小隐。"

清慈的美，不像玫瑰那样耀眼，而是在举手投足间不经意流露出的温婉。大学期间，清慈收到过许多男生的表白，但她都婉言拒绝了。宿舍四个女生，只有清慈，始终一个人。清慈热爱阅读和写作，也会在假期时，一个人去远方。每年暑假，她都会独自背上背包，去藏地支教。

因为同样喜欢阅读和写作，我和清慈成了知己。她把自己写的厚厚一本支教日记拿给我看，藏地的风景，朝圣的人，孩子们纯朴的笑容，都令我心驰神往。我也会把我写的文章拿给她一起交流。

大学毕业后，她回到家乡，做了一名老师。而我，则背井离乡，去了遥远的南方。我常常会想，清慈会遇见怎样的男子？直到后来有一天，清慈对我说："我嫁人了，嫁给了我理想的男子。"

清慈与我说起她的秋木。

"他喜欢穿靛蓝色衣裳。他说靛蓝色有古意，不耀眼，但经得起时光的洗礼。"清慈顿了顿，起身为我们的杯子里续上了茶。

"读书会那天，他穿的是靛蓝色的改良式汉服长褂，里面是白色中衣，他长得不算帅气，但眉目清秀，颇有儒雅之风。朗诵到动情处，他会露出迷人的微笑，我一下子就跌进他的声音和笑容里了。

"读书会结束，大家都在互留联系方式，许多女孩走到秋木的身边，说留个电话常联系。我也在那些女孩中，微微低着头，小声问他：'我们以后还会联系吗？'可能是我当时的样子太小心翼翼了，他笑着望了我一会儿，才拿起桌上的纸和笔，写下一串手机号递给我：'这是我的电话号码，会再遇见的。'

"他的字真好看呀，一笔一画，像开在纸上的花朵。我握着那张纸，手心里都握出了汗。

"第二天黄昏,我给他打了个电话。电话那头依旧是干净得让人迷恋的声音。'清慈。'他轻声唤我的名字。他说:'你穿白裙子,很美。'电话里我们聊黄昏,聊生活,聊文学和梦想。我想,他对我大概也有小小的喜欢吧。从黄昏到夜幕降临,我们足足聊了两个小时,才依依不舍地挂了电话,末了他说:'你是我见过的最干净的女子。'

"冬天来了,这座城下了雪,他约我一起去看雪。他很爱雪,他说雪是纤尘不染的,很干净。他说这句话的时候,我们正踩着薄薄的雪走在小城的公园里,天气很冷,人很少,只听得见雪落在梅花树上的声音。

"他突然揽我入怀,在我耳畔轻声说:'清慈,嫁给我吧。'那一刻我幸福地落了泪,不是因为风雪太大,而是因为我听见了爱情的声音。他的怀抱,那样温暖,让整个冬季都不再寒冷。我等了二十五年,终于等到了心仪的爱情,我也终于相信,上帝会给每个人最好的安排,会看见人间的深情,会让等待遇见转身。"

"你看,这是他送我的第一份礼物。"说着,清慈从书架上抽出一本线装书。那是一本《诗经》,封面是干净的靛蓝色,有一方红印,古朴雅致,看上去像个沉睡的美人。

"第二年春天,他带我回故乡见他的母亲。他的母亲有着岁月留下的优雅,我想过自己年老的样子,最好就是与世无争、安稳宁静,在一方小院儿里,日出而作,日落而息。而这些,他的母亲都在实现着。

"他母亲是一名小学老师,在小村教了一辈子书,桃李满天下。在他很小的时候,母亲就教他读唐诗宋词,背《三字经》,看音律启蒙。他说:'清慈,遇见你,我终于明白了等待的意义,因为这个世

界上有一个与我相似的姑娘,也在等着我。'

"他的家里布置得很简单,但那一屋子的书,让我震惊。他说这些书他都看完了。我再一次相信,他就是我今生今世白首不离的男子。

"深秋,他许我一生安稳,我们组成了一个小家。开始,我母亲并不同意我们在一起,她希望我能嫁给物质条件更好的男人。秋木的一封信,打动了我的母亲。我的母亲说:'清慈,去爱吧,他是个有生活热情的男人。无论你们以后是贫贱还是富有,我相信,有他在,你会过得很快乐。'

"在父母等亲人的祝福下,我嫁给了秋木。我们依旧在小城工作生活,他的母亲则守着村庄里的老屋。两年前,他母亲去世,这座老屋就空了。"

"萌生出回到小村的想法,不是一时冲动。"清慈续上茶,继续讲着他们和老屋的故事。

"秋木的母亲在世时,我们经常回来。春天这里有漫山遍野的杜鹃花;夏天,老屋门前荷塘里的莲花为人们送去清凉;深秋时,那漫山的落叶仿佛是一条巨大的、火红的地毯;冬天最大的惊喜,便是在清晨推门时遇见的一片素白。

"每当我回到老屋,在四季的风景里流连,心就感到很安宁。秋木看得出我的热爱,对我说:'清慈,我们回小村吧,余生平凡简单地过。'你瞧,他多么懂我。

"回来后,我继续教书,只不过是从小城到了小村。村庄里的孩子,像是美好的蒲公英,他们没有任何束缚,快乐且单纯。有时候,我会在清晨收到一束野菊花,那是孩子们在上学路上采的。有时候,我生病了在家里休息，会有三五个孩子捧着家里的花生、西瓜来看我。我的心越来越平静，仿佛清澈的春水，撞见孩子们的天真，便泛起阵阵涟漪。

"秋木回来后，继续他的平面设计工作。他是个心思细腻又很有才情的男子，由于设计的作品质量很高，他的订单从没有断过。但他会拒绝掉一些单子，我们两个都喜欢简朴的生活，所以，钱财只要够生活就行。小村的生活没有那么多欲望，青菜都是我们亲手种的，很少吃肉，衣衫也是简单干净便好。

"因为老屋年岁太久，回来后我们又重新做了整修。我和秋木都爱书，所以就把最大的房间做了书房，把母亲和他的藏书一起搬了进来。如今，当我坐在书房里，望着这一屋子的书，还有身边的他，总会觉得上帝对我太慷慨了。"

"除了书，我们还都爱花。你看，院子里的那些花，都是秋木种的。"清慈手指着窗外的花圃，平静地述说着。我望向窗外，瓦蓝的天空飘着几朵云，小院儿里，花朵或结着花苞，或开得正好。

我和清慈聊了很久，从午后到日暮。我突然想起读书时，我们会一起去图书馆，一人捧一本小说，对坐着看，还会坐在学校的荷塘边，说着未来，聊着理想。时光兜了一圈，我们都过着各自热爱的生活。有繁华也有宁静，虽然生活的轨迹不同，但我们都是幸福的。

告别清慈的那天，她和秋木一起送我，清慈说："继续幸福。"我抱了抱她，转身离去。

幸福的定义是什么？

有人说幸福是海角天涯，有人说幸福是爱和心安。

有人说幸福是海市蜃楼，有人说幸福是脚踏实地。

也许，幸福就是心的平静吧!

心安了，就是幸福。

"祝好，清慈。继续幸福。"我在车窗上哈了一口气，画出两颗爱心，轻轻地说。

遇见，道别，小憩之后，归于寻常日子，在喧嚣的人群中继续。其实，平淡的每一天，都是不可多得的好日子。

深到一小朵花里的爱

第二章

日月朝夕,为你的心留下一处清幽地,不必种上花团锦簇,只需一枝,一枝便可好光景。

风闲日月琴

喜欢一些小字，方方正正写出来，笔端开花；轻轻巧巧读出来，唇齿生香。"风闲日月琴"，本来是"风弦日月琴"。在白音格力的书中读到这五个字，但我写下来时，却写成了"风闲日月琴"。真妙。"闲"，是"浮生半日闲"的"闲"，有天地间的洒脱与自在。

风闲，是最日常的美好。人要做到风闲，才是最自在与真实。闲，有豁达的意味；闲，亦是宠辱不惊。人间坎坷，闲对；四时风景，闲看；冷暖人情，闲待。超然与物我，大抵如此。

心怀喜悦地等季节更替，冬去春风来；认真地迎接每一个清晨，送往每一个日暮；以慈悲的心境面对人生的得失与困惑，皆是风闲。

春天，适合做个闲人。若恰好生活在江南或者村庄，那便是锦上添花的诗意。

在落着蒙蒙细雨的午后，去怡园寻梅。这些年来，寻梅是每年都会做的事情。好像这是一场与春天问好的仪式，看见一树一树的梅花，粉红、粉白，还有芽绿，好光景与日月同享。若是有缘，还会遇见同游园的你，那就轻轻地道一声："嘿，春天好。"

江南早春的雨下起来，像爱人在你的耳畔呢喃，那么轻柔、那么清凉。你也不必撑伞，就那样走着，雨丝不会淋湿你的头发。梅花朵上亦沾着点点雨滴，似美人眼角的泪痕。说什么梨花带雨呢，我看这是梅花带泪。但这泪是绵绵亿亿的温柔，而非怅然若失。

草木清幽的园内，游人尚少。青砖上又长出许多青苔，雨中愈发润泽，那绿，幽幽静静，好似光阴从未走远，今夕还似往昔，你是那园内人，在早春的某个午后，怀思着说不清道不明的缘分。

人生之美，是有着这些风闲岁月。所谓风闲岁月，并不是不问世事，而是在浮华的世事里，随时有一颗出离心，去认真地体会一寸光阴里的好。

好琴、好书、好画、好诗、好酒、好花、好茶。

所有的好最终都归于风闲，归于无用。越是无用，越有用。我们终究要在漫长的人生里，跌跌撞撞，去求安稳，去求周全。这跌跌撞撞的人生，热闹时常有，迷失时常有，忘乎所以时常有，然而，如果有了这些无用之闲，便可以在热闹时保持清醒，在迷失时豁然开朗，在忘乎所以时问候初心。

琴一曲，奏出落落河山；书一笔，写下万古流芳；画一张，留住美景逝去；诗一首，咏唱日常确幸；酒一壶，心怀英雄天下；花一枝，留香小径人家；茶一盏，喝出世故清凉。

风闲，去拥抱光阴里的冷暖。日月朝夕，为你的心留下一处清幽地，不必种上花团锦簇，只需一枝，一枝便可好光景。

忽而又是一年光景

01

遵循四季时令而活,见过二月的春风轻轻拂过河岸边的柳,亦曾与六月的阳光在饱满朴实的绿林里撞个满怀,秋深时叶落,冬归时寒袭,又是一年光景。四季就这样路过这热闹的人间,岁岁年年。

大寒是冬天的最后一个节气,那些好的坏的好像都能在此时画上句点。

每逢此时,江南的冷,可以钻进骨头缝里。若没什么紧要事情,便很少再出门,因为室外寒冷的湿气总被寒风裹挟着,直往人的脸上吹,即使围巾、帽子、羽绒服全副武装,那刺骨的冰冷也不会消失。

我有些苏州本地的朋友,不管什么时候都衣着单薄,似乎丝毫感觉不到寒意。作为北方人,只要有丁点儿的冷,我都恨不得把自己藏进室内,最好还有红泥小火炉,用来温酒或煮茶,就这样待到春归,再伴着春风出门。

02

每到此时，常常想起故乡的种种。北方的冬虽然温度更低，但那里的冷是清冽的，更有冬的感觉。江南的冬，明明冷得让你难以接受，出门撞见的却还是黄绿相间的柳、缓缓流动的河，让人怀疑这到底是冬还是秋。

南方的草木，有些已露出早春的模样，但冬天的严寒却依旧赖着不愿走。好在，江南的冬，符合所有诗意的想象，比如与三五好友围炉品茶，比如到园林深处探访梅花。不然，我真的更期待那萧瑟深沉、辽阔寂静的北方的冬天。

念起故乡，便又到归家时。简单地收拾了一下行李，期待着回家的日子。只有离开过故乡的人，才更能体会人对故乡那说不清的眷恋。一方水土养一方人，每个人身上都有自己长大的那片土地留下的烙印。人们之所以对故乡如此念念不忘，大概也是在怀念曾经的自己。

可是人生，哪里有百分之百的圆满呢？故乡可以承载你的乡愁，却装不下你的梦想。于是，你像候鸟一样，一次次地离开，又一次次地归去，经历着无数次的迁徙。

人生的意义大概就是在这不圆满中修行，修一颗柔软慈悲的心，修割舍不断、悠远绵长的情。

人只有懂情，才会完整。我们呱呱坠地时，都还是白纸的模样，父母的照顾，姐妹兄弟的关爱，让我们懂得了亲情；与玩伴携手同行，让我们懂得了血缘之外的友情；情窦初开的甜蜜和惆怅，让我们懂得了爱情；草木、土地的养育，让我们懂得了自然之情。历历光阴，我们在这无数的情感之间成长、老去，完成一生的旅途。

03

走至四季的尾端，心中除了淡淡的惆怅，更多的是蠢蠢欲动的期盼，仿佛只要一个转身，就即将撞上春天的衣袖。

苏州园林里的春梅，悄悄结上了花苞，甚至有一些都绽开了一点花瓣，就那么一点红或白，挂在枝头上分外灵动。梅花盛放时，是热闹灿烂的美，而此刻的梅花树上，却是欲说还休的朦胧美。

从花卉市场买回一盆水仙，放在桌案上用清水养着，为房间增添许多雅致。浓郁的香，散落在房间的每一个角落。想起古人的雅室。严冬，雅室内水仙凌波，古书成卷，品茗抚琴，好不清幽。我虽无此风雅，但依然觉得，有了水仙，冬便有了浪漫的基调。

04

北风还在呼啸，东风已送来花信。大寒一候瑞香。"买断春光与晓晴，幽香逸艳独婷婷。"杨万里笔下的瑞香有着春光里的明媚，又饱含着冬日里的幽美。

瑞香花小，看起来并不起眼儿，朵朵小花簇拥着，和丁香有几分相似。但造物主很公平，没有给你绝世的姿态，便会给你惊艳的香气。瑞香芬芳馥郁，远远地，你就会被这阵香吸引。

瑞香花原本生长在深山中，山野的广阔赋予了它略带野性的香气。《清异录》中就有记载："庐山瑞香花，始缘一比丘，昼寝磐石上，梦中闻花香酷烈，及觉求得之，因名睡香。四方奇之，谓为花中祥瑞，遂名瑞香。"我猜想，那路过的僧侣也是被浓烈的香气牵绊了脚步，这才让生活在今天的我们也有机会领略这"四方奇之"的芬芳。

寒气尚未消退，兰花迎寒而开。你若在冬天来到苏州园林，多数室内都会摆放着窈窕纤细的兰花。

那日我去怡园探梅,在石听琴室看见两盆兰花,袅娜娉婷,屋内还放着一张古琴。"月明夜静当无事,来听玉涧流泉琴。"嗅着兰花绵延的清香,那泠泠琴声似乎也乘着时光机在耳畔若隐若现。

风捎来大寒节气的第三封信——山矾开了。山矾是一种很朴素的小花,"高节亭边竹已空,山矾独自倚春风。二三名士开颜笑,把断花光水不通。"这是黄庭坚为山矾所作的诗,我很喜欢"山矾独自倚春风"这句。一个"独"字,一个"倚"字,道不尽的平凡,正如山矾花的身世,不过是田野上的寻常野花。很少有人关注,"独"和"倚"二字有一种怅然的情绪,但紧跟着"春风",又让这怅然变得明朗起来。

05

人也是如此,即使此刻独倚西楼,风雪中飘摇,但总有春风送来喜悦。

收拾好了一年的尘埃、书籍、衣物、人情之后,便是轻装上阵的远行。大寒,最后的告别,再见旧年。大寒,深深的期盼,你好新年。

日常里的一抹香气

忽然读到"馥郁"这个词,在这被雾霾笼罩的寒冬,让心情也生出香气。

馥,左边香,右边复,是重复的香,层层叠叠,浓烈迷人,就这样闯入你的生活。尽管你喜欢清淡的事物,可这香却让你无法拒绝,甚至有些贪恋。

我曾经想过一个问题:究竟什么花的香气能称得上馥郁?也许是深秋的桂花吧,秋心合为愁,秋日似乎总与离愁别绪分不开。你打开窗,馥郁的桂花香就急急忙忙地扑向你。你心想,古人真是多愁善感,伴着这么浓烈的香,纵使是离别,其中的愁绪也该被消解了不少吧?你望着窗外的芭蕉,听着滴答的雨声,觉得即便是在这以遗憾为美的黄昏,桂花的馥郁也让人舍不得忧愁。

离人总有归期,就算没有,曾经的故事和风景还在,何必因为离别而辜负了此刻的好光景呢?不如学南北朝的陆凯,他要赠一枝春,你就赠一枝秋吧。折一枝桂花,是赠一季秋,也是赠一缕香,这香,可以温暖秋的凉意,也可以留下深深的牵挂和依恋。因为这香,离别都多了几分温柔。

少年的爱情,也带着馥郁的香气。十六岁,懵懂的年纪,和她爱穿的白裙子一样干净。寒冷的冬天,你踩着未融的积雪咯吱作响,在冒着热气的早餐铺买了两个包子、一杯豆浆,早早来到学校,把早餐悄悄放在她的课桌抽屉里。这样的暗恋,甜蜜,令人心动。

终于有一天,你把删改了无数次的情书和早餐一起放进去。一天,两天……等待的日子最是煎熬,害怕被拒绝,更害怕她因此开始讨厌自己,连普通朋友都没得做。

第九天,你收到她的回信:放学一起走吧,送我回家。你握着信,脸涨得通红,心里却在欢呼雀跃。总算等到下课,你们一起走在大街上。冬天的夜来得早,你牵起她的手,路灯照在她的侧脸上,地上的剪影都是那么美。

"你喜欢我什么啊?"她问。

你竟有些语无伦次:"喜欢……喜欢……就是喜欢你啊。"

她莞尔一笑,被你握着的手,用力地回握住你。又问:"知道我为什么在第九天给你回信吗?"

"为什么?"

"因为九就是长久啊。我们会长长久久地在一起,对吧?"

是啊,长久。这一牵手,就走过了十年。二十六岁那年,她嫁给了你。婚礼上,你说,这是我们的第一个十年,未来无论还有多少个十年,我们都一起,长长久久地走下去。

往后余生,是馥郁遇上朴素,是风花雪月遇上柴米油盐。

恋爱总有一天会变成日常的生活。馥郁是日常里的一抹香气,散落于朝暮之间，浓烈也变为了清淡。

　　生活的琐碎难免让人感到有些倦怠，而馥郁是击败倦怠的良药，提醒你们曾经的快乐回忆，值得用心去守护和珍惜。

　　只要有馥郁的爱情做底色，无论你们的生活是怎样的姿态，都能长久、幸福地走下去。

生活里的朝与暮

晚归的夜晚，路灯把家门前的小路照得十分温柔。这是早秋，风温柔地拂过脸颊，长发在肩上飘，她在路灯下亭亭玉立。

好清新。

她被风送来的香气定住了脚步。再深吸一口，原来是青草香啊，她在心里默念了一句。

低眉，看到路边的草坪，是被修剪过的模样。那青草香，就是从这片修剪过的草坪上飘来的，被风一吹就送到了她的心上。

她贪恋青草的香气，好似饮了一杯清茶，淡而长久。好想找一个词来形容这种香，可她却感到词穷，只是贪婪地、深情地陶醉于那抹香气。

她自小就喜欢这种植物，没有那么热烈，好似生活里的朝与暮，平凡，却又那样深情。

如果说爱情像是植物的香气，青草香最好。玫瑰热情浓烈，可是总会刺伤彼此；百合纯白无瑕，却又太曲高和寡；唯有这青草香，像两个人的莞尔不语，是两个人携手在生活中奔波努力的样子。

她也有过玫瑰一样的爱情。那是读大学的时候，他们的爱，炽热如火。他是校园里的风云人物，帅气阳光，各种文艺会演上都能看到他的身影。她爱上他，是因为他指尖在黑白琴键上飞扬的优雅，是因为他在舞台上的神采奕奕，是因为他干净的白衬衫和桃花似的眼睛。

她呢，虽不及他闪闪发光，但与他在一起，也算是一对般配的才子佳人。她写诗，一首首都是为了他。她穿着漂亮的晚礼服站在他的身边，仿佛全世界的美好都因为他们而存在。

二十岁，是花朵含苞待放的年纪，她在他的臂弯里盛放，他为她送来阳光和雨露。但爱情里不只有浪漫与美好，还有平淡甚至矛盾。

毕业，工作，一起生活，风花雪月最终还是被柴米油盐击碎。她质问："你是不是变了心？"他怒吼："你要的爱情我给不起，行了吧！"终于，在那个深秋，他们各自转身离去，从此成为陌路。

五年后，她遇见了现在的他。二十岁的时候，她以为自己这一生会活得惊天动地，爱情更是要轰轰烈烈。可是，在二十五岁的时候，她却爱上了踏实、平凡。

那是个寒冷的冬夜，她急性阑尾炎发作，痛得蜷缩在床上。他给她发短信道晚安，她的坚强在那一刻崩塌。十分钟后，他送她去了医院。那天的雪，下得那样大，整座小城都被雪覆盖。马路边的香樟树上，落了厚厚一层雪。昏暗的路灯下，雪花纷纷扬扬。她依靠在他的肩上，从未有过的心安从心底滋生。

他们就这样走到了一起。他真是有些呆的男人，情人节，他只会去菜市场买许多菜，然后做一桌子的饭菜等她回家，看着她吃得津津有味,他便很开心。他说:"我真是世界上最幸福的人。"她问:"为什么?"他答:"因为有你陪在我身边啊。"

他们从未说过爱,只在一朝一夕、一粥一饭里,深情相伴。

这世上,多的是平凡的人、平凡的爱,这些平凡的人和爱就像青草,一点都不起眼儿,但也有自己的芳香。它的香气不会太诱人,因而十分容易被忽略。但是,它依然存在着,在你每天清晨起床的呼吸里,在你每晚回家的昏黄灯光下。

白兰花爱情

  姑苏城的初夏，散发着淡淡的清香，那是茉莉花与白兰花晕染开的香。她很爱这样的季节，夏日未深，阳光还不至于将皮肤灼红，可以穿轻薄柔软的裙。她很爱这样的苏州，路边斑驳的树影，水塘里清幽的菌苔，甚至是每天清晨，风吹动窗帘的浪漫，都让她眷恋着迷。

  她走在平江路上，临河的垂柳下，有位阿婆穿着藏青色的斜襟襻口布衣，笑容在布满褶皱的脸上摊开。"姑娘，买串茉莉吧，很香的。"阿婆说。她停下来，竹编篮里是阿婆穿好的茉莉手串，还有几朵白兰花。洁白的花朵，在古朴的竹篮里，有种岁月静好的气质。

  她要了一串茉莉，两朵白兰，戴在皓腕，别在衣襟。花的香气瞬间将她包裹，仿佛是从她身上自然散发出来的。苏州，真好。她这样想着，与阿婆道了别。

  带着一身芬芳继续走街串巷，她突然想起许多年前与他的相遇，同样的浅夏，同样的花香。

  第一次遇见，是在朋友的茶室。她的衣襟上，别着一朵白兰花。

他坐在她旁边，米白色棉麻禅服，笑容温柔。朋友清烟介绍："这是落尘。"她转过头，撞上他清澈的眼眸。他礼貌地与她打招呼，声音浑厚又干净。她微笑，酒窝浅浅："你好，我是式微。"

落尘，这个名字，她不是第一次听说。善古琴，懂绘画。起初，式微以为，这样的男生一定很自傲，如今初见，却怎料是这般温暖。她想不出更好的形容词，只记得有句话这样说："陌上人如玉，公子世无双。"

他，便是举世无双的谦谦君子、翩翩少年。

第二次相见，他们相约去太湖，听蛙声，看繁星。那近乎与世隔绝的古村，是清烟长大的地方。村庄的夜，没有车水马龙、灯火霓虹，他们坐在小院儿里，真的可以听到蛙鸣。抬头，一颗颗星星在夜空闪亮，眨巴着小眼睛。

那晚，他依旧坐在她旁边，他们一起把夏天的浪漫写进诗行。她的衣襟上，依然别着一朵白兰花。

第三次见面，他约她去重元寺。姑苏城外，阳澄湖边，刚刚下了场雨，湖水渺茫，烟雨朦胧。他说："我们在一起吧。"她望着他："好，不负如来不负卿。"

他们搬到平江路丁香巷，老屋门前，画着一个撑着纸伞的姑娘。那幅画，是他亲手画的。因为她喜欢戴望舒笔下的丁香姑娘。

住在老巷里，深居简出。他问："还记得我们的初遇吗？"她答："怎么不记得？"他说："我当时想着，这个姑娘难道自带体香吗？那么清雅。现在才知道，原来，那是白兰花的香呀！"

她笑起来，眼角眉梢有苏州的味道。

深居简出，把生活归于生活

我喜欢一些简单的词，比如澄澈、朴素、深居简出。

深居简出，字面意思是平日里在家，很少出门。这个词出自唐代韩愈的《送浮屠文畅师序》："夫兽深居而简出，惧物之为己害也，犹且不脱焉。"它还有个近义词——离群索居，但我更喜欢深居简出的说法，听着舒服、干净。

我的笔名叫小隐，取自《道德经》。原文这样写："小隐于野，中隐于市，大隐于朝。小者，隐于野，独善其身。中者，隐于市，全家保族。大者，隐于朝，全身全家全社会。"

大隐，是最高境界，但如今我的心境，只在小隐。

小隐，因小而隐，这是我自己对名字的诠释。自从来到苏州，便生出小隐的情结。这不是一座匆忙的城市，这里有花、有水，有低矮的黛瓦人家，有斑驳的古老白墙，还有可以让人浪费一个午后的深深长巷。

也许是因为这样的风景，像极了年幼时生活的村庄，风清月明，平淡悠然。每天看日出日落，朝与暮有规律地交替着，时光在此似乎放慢了脚步。

所以，选择小隐于此。"江南"两个字，随口一说，就充满了朦胧的气质，是金戈铁马的江湖里，那不问朝夕的儿女情长；是马不停蹄的生活里，那素衣素心的冷暖自知。

与朋友聊起日常。

生与活，真是个宏大的命题。不顾一切地追赶时尚潮流，谁都有过这样的岁月，但生活的本质是朴实无华的。一个人若想活得热闹是不难的，因为我们所处的这个时代，本身节奏就很快。然而，要活得清简、质朴，却是极其难的，因为你要经受得起质疑和不屑。

平凡的好，是相爱的人朝夕相伴，温柔以待；是亲爱的小孩，仰着脸对你灿烂地笑；是身边的亲人、朋友安好喜乐；是新鲜的菜蔬瓜果，是春有百花秋有月，夏有凉风冬有雪。

深居，清雅而脱俗。犹如山林的风、乡野的花、陪在身边的人。

简出，干净而清爽。犹如素白的雪、秀丽的泉、三餐四季的日常。

深居简出，是一种生活方式。这是我在给读者的签名书上写的祝福语。微信上有一对夫妻，在终南山生活，妻子上山采药，丈夫陪她。他们穿旧时的衣服，住在有院子、有薄瓦的房子里，养了两只小狗，育有一个女儿，两个人的父母都在身边，每日吃的菜蔬，是母亲亲手所种。他们的理念是健康、洁净，是把生活归于生活。

她说，山居生活需要的不是丰富的物质，而是情怀和心境。

生活在村庄、山林的人有许多，然而，农家人会认为这是辛劳，是无休止的贫穷。但如果反过来看呢？居于山野意味着拥有健康的食物、清新的空气、亲近的邻里、劳作的喜悦，以及浮生一梦里内心的安宁。

我不排斥奋力拼搏、不断向前的生活方式，因为每个人都有选择自己生活方式的权利，只要心安，就没有一种生活方式是"错误"的。

只是，但愿别被忙碌的生活挡住干净的双眼，要懂得抓住此刻，明白生命本身就很美好。无论热闹还是清净，都能欣喜满足。

归宿皆相同，不要轻视平凡。珍惜，就好。

耦园住佳偶，佳偶自天成

苏州之美，离不开园林。

园林就像这座城市的灵魂。山、石、亭、桥、水，尽在一方小小的院落。

耦园位于小新桥巷。当你漫步在平江路，若是感觉被热闹的人群惊扰，别失望，不妨去旁边纵横交错的巷子里走走，那里才是老苏州人的日常，才是真正的水乡生活。蓦然回首，你还会遇见一座精致的园林。

耦园。"耦"通"偶"，有夫妇归田隐居之意。

耦园在初建时名为"涉园"，取自陶渊明《归去来兮辞》中的"园日涉以成趣"。而耦园的名字，则是由清末的安徽巡抚沈秉成所取。

沈秉成与妻子严永华的爱情，大概是如今许多人向往的吧。琴瑟和鸣，相携归隐，岁月静好，现世安稳。

安于城市一隅，有爱有陪伴，不纠结于人世的俗念，这也是隐居之意。我们对陶渊明的认识，从"采菊东篱下，悠然见南山"开始，他是田园派诗人的代表，也写了不少归隐之趣的作品。而沈秉成、严永华与耦园的故事，恰好与陶渊明的归隐有异曲同工之妙，虽然一个是隐于南山，一个是隐于城市山林，但心境终究是相似的。

涉园、耦园，或许也有冥冥之中的缘分吧。

耦园在苏州众多园林中，算不得厉害，毕竟有拙政园、狮子林、留园在呢。但是，耦园小而精致，就像江南水乡普通人家的女儿，没有大家闺秀的华贵，但温柔清雅。

门前临河，不时有撑船的阿婆经过，清澈碧绿的河水与阿婆的靛蓝色白印花衣裳相映成趣，仿佛一幅流动的画卷。春天，河岸边倚着几株桃树，落花纷飞，风儿微醺，垂柳摇曳。你想起江珊的歌曲："春天的黄昏请你陪我到梦中的水乡，让挥动的手在薄雾中飘荡，不要惊醒杨柳岸那些缠绵的往事，化作一缕轻烟已消失在远方。"

君到姑苏见，人家尽枕河。耦园三面临河，一面沿街。春雨细密如牛毛，落在门前的青石板小路上，你撑着油纸伞，消失在烟雨之中。雨水落在小河里，激起层层涟漪，春天的绿，饱满得似乎可以渗出水来。你站在两条河交汇处的小桥上，远处是古老的相门城墙，近处是斑驳诗意的白墙黛瓦。

被河流环绕的耦园，自有一种清澈明净。这也是其他园林无法比拟的气质。

深秋时节，你漫步园内，先是被桂花香牵绊了脚步。刚下了场雨，桂花树下的青砖上长了许多青苔，湿漉漉的。淡黄色的桂花落在青砖上，让人好像穿越了一般，古意盈盈。

幽窗、花香，让平日雷厉风行的你，不自觉地放慢了脚步。在这里，虚度时光也是一种美好。抬头，见"平泉小隐"四字。据说，"平泉"在古代是别墅的别称，"小隐"则与主人沈秉成夫妇的隐居有关。

草长莺飞二月天，去城曲草堂看看吧。那一树玉兰花，映着黛瓦，掏心掏肺地要将春天送给你。若是累了，就上双照楼歇歇脚吧，一曲琵琶雅乐，一杯甘甜清茶，一段浮生光阴。你会听到江南，听到"大珠小珠落玉盘"，听到竹林烟雨，听到安稳与平静。

为何诗人会说"能不忆江南？"，忆江南忆的不仅是一个地名，更是一种中式生活。

就如此刻。抬头，窗外的玉兰入眸，此时的玉兰花在雕花窗的映衬下如水墨画，美得非常有灵气。另一侧临着小河，河水在微风的吹拂下犹如绿绸带般飘逸。耦园的杨柳岸，不是晓风残月，而是芬芳灿烂。

就算是落雨时节，你也不用担心。城曲草堂环廊相抱，倚廊听雨或坐在二楼的茶室品茗听雨，都不失为一种享受。

万物还在悄悄苏醒，几朵含苞待放的山茶花，已开始温暖早春。城曲草堂前面的假山上植着两棵百年山茶树。满地落红，拾起一朵放在掌心……仿佛体会到了黛玉葬花的惆怅与诗意。花开花落，繁华终会过去，但也总有一些东西会留下来。黛玉早逝，但她的香魂却活在每个人的心中。

九曲桥上，穿着汉服的姑娘望着受月池中的残荷，自己也像是一朵娇羞柔嫩的莲花。那一低头的温柔，让你想起徐志摩的诗句。

桥靠望月亭，倚黄石假山，望山水间亭台，四季花木相映。

深秋，又是桂花飘香，甜糯的香混合着秋日暖阳，有种微醺的感觉。

穿过长廊，步入花园，形态各异的太湖石铺成蜿蜒的石子小路。这个花园，四季各有风姿。早春，红梅花伴着花窗，清新秀丽；盛夏，竹影斑驳，在酷暑中谋得一隅清幽；深秋，红枫映着生锈的门环，古朴典雅；寒冬，小小的蜡梅香溢满园。

出了花园，过长廊，转角是无俗韵轩。春有红玉兰，夏有紫薇，秋有暖阳照在斑驳的老墙，冬有枯瘦木枝与太湖石相映，构成一幅枯山水之景。坐在轩内读书写字，累了，抬头看看门外的这方小天地，四季变化着不同的诗意，也为书本添了许多美好。

回廊是苏州园林里悠长的风景。期盼、等待、深情，皆与回廊有关。漫步园中，忽闻悠扬的丝弦声和清丽婉约的吴语。这是耦园书场，你点她唱，听不懂唱词，依然觉得生动而鲜活。

游园，惊不醒的旧梦。小小耦园，以隐居安度闲日。时间划过，亭台依旧，楼阁依旧。婉转的曲调唱出水乡的温柔，这，是我能想象到的最诗意的栖居。

关于江南的一切幻想，都可以落到此刻的光景里。一座古老的庭院，细碎的日子，没有惊天动地，只有平和安详。

外婆留给我一首歌

风吹着你的衣衫/我看见/你笑得眯成一条线的眼/时光坐在我的对岸/向我挥着手/说好久不见/再遇见那个夏天/我抱着吉他轻轻弹/盼望着夏天、盼望着假期、盼望着老屋门前/再听你唱起/摇啊摇/摇啊摇/我的小宝贝睡着了

林婉清坐在七月的风中,唱起这首歌。风温柔地撩拨着她瀑布般的长发,空气里有若有似无的草木香,很淡很淡。歌声被风吹到天边,直到消失不见。她仰起头,望着大朵大朵棉花糖似的云朵,流动着藏入蓝天之中。

距离外婆离开人间,已经整整十年。

她的脑海里,浮现出外婆瘦小的身影。这首歌名字叫《1998年的夏天》,是林婉清自己作词、谱曲的歌,写给她的外婆。

"外婆,你看你看,天上好多小星星呀!"1998年的夏天,某个夜晚,刚刚入暑,在地图上都找不到位置的一座小村庄里,林婉清和

外婆躺在院儿里的竹床上，愉快地说着话。四周是青蛙呱呱的叫声，还夹杂着蝈蝈的唧唧声。外婆捏了捏她的小脸蛋，温柔地说："清清，星星是思念。"

林婉清不懂，问为什么。外婆说："天上一颗星，地上一个人，天上的每一颗星都是地上人对亲人的思念。"林婉清似懂非懂地"哦"了一声。

小村位于河南中部，没有青山绿水。抬眼望去，春天，是辽阔无边的麦田；夏天，是正在拔节生长的玉米苗；秋天最有趣，小村的人忙忙碌碌，却不觉得辛苦，因为那是收获的季节。林婉清最不喜欢冬天，因为她喜欢的大树落了叶，光秃秃的，天气又冷又干，像被人类遗忘那般，毫无生机。

她枕着夏夜，安心入梦。梦里，她看到外婆望着天上那颗最亮的星发呆。外婆，在思念外公吧。

01

1998年，再回首，仿佛未曾走远，但细数流年，却已相隔二十余年。那一年，她八岁，读小学二年级，盼望着夏天，盼望着暑假。

林婉清是家里的二女儿，读小学之前，她是在外婆家长大的。那时，婉清的奶奶想要男孩，所以，在婉清姐姐三岁的时候，婉清出生，只是，很可惜，没有如奶奶的愿，她仍旧是女孩。

婉清的爸爸妈妈比较明理，所以，她的童年并没有因为奶奶的老思想而有阴影。然而，刚出生的她没有办法上户口，于是被寄养在外婆家。外婆家在距离她家二十公里的小村，那条去往外婆家的田间小

117

路,她闭着眼睛,都能认得。

外婆很爱很爱这个粉雕玉琢的外孙女。一角钱四个的糖果,外婆一个都舍不得吃。她看着婉清吃完一个后奶声奶气地说:"外婆,糖。"再拿出另一个,剥开,送到婉清的小嘴里。女儿拿来的水果,她放在那个老式橱柜里,给婉清留着……

婉清在外婆的呵护下渐渐长大,会说话了,会走路了,会跑跑跳跳了,一晃眼,要上学了呀。

终于有了户口,是五岁那年。林婉清被爸爸妈妈接回家里,同年九月,她入学,读育红班。

那是个春天,外婆站在老屋门前,日光明亮,风温柔,这个孤独的老人,看着婉清远去,不停地挥手,挥手……直至小小的婉清,消失在无尽的田野。

02

爸爸妈妈很疼爱婉清,在家里,还有个大婉清三岁的姐姐也护佑着她。小小的孩子,不懂爱与珍惜,只是顺着大人的意,一天天地过着。外婆家,成了走亲戚时去的地方,与外婆的点滴喜乐,亦不过是平常的祖孙情,没有深深的思念和不舍。

长大后,婉清想起外婆。多少个黄昏日暮,那个孤独的老人,心里都住着想念吧。

外婆三十五岁那年,外公去世,她独自拉扯三个女儿长大,各自成家,女儿的孩子,唯有婉清,从小与她最亲。

婉清的到来,是这个孤独的老人最珍惜的好。如今,这小小丫头亦要回到她的生活中去,朝夕相伴的时光,如那个挥手不舍的春天,远去,远去……婉清回到爸爸妈妈身边后,陪在这个老人身边的只有

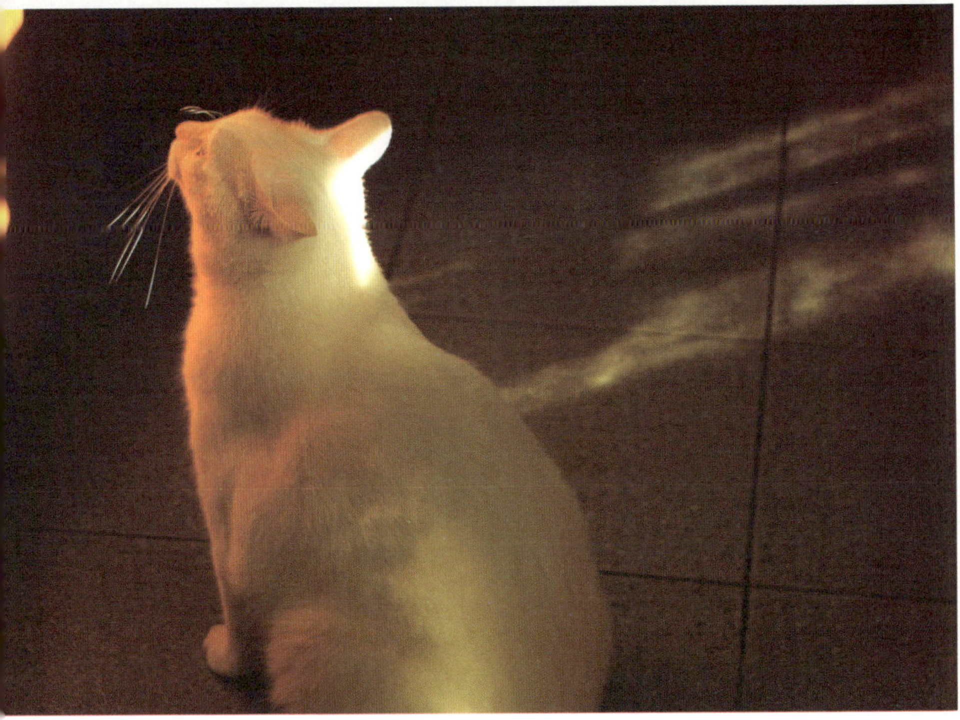

那座布满光阴的老屋和那只沉默的猫咪。

03

1998年夏天,婉清放暑假,跟随妈妈去外婆家。那天中午,外婆做了许多好菜,都是幼年时,婉清在外婆家爱吃的。

下午要回家的时候,外婆说:"清清住几天吧。"妈妈看向婉清。"院儿里的梨子快熟了,这些天还有些涩,住下来再等几天就可以吃了。"外婆又说。婉清听到梨子,开心地点点头。

八岁的婉清,六十五岁的外婆,还有一只猫咪,是那个夏天里最纯粹的记忆。

夏天的日光很长。天气晴好的时候,六七点太阳才缓缓西下,余晖落在老屋的薄瓦上,仿佛镀上了一层金灿灿的光。外婆在夕阳下烧火做饭,林婉清一会儿跑到外婆的身边,帮外婆添几根柴火,一会儿跑到院儿里,抱着猫咪独自玩耍。

两个月的暑假,林婉清在外婆家住了一个多月。

妈妈回家后,日常琐事让她想不起来去接婉清回家,而婉清自小就没心没肺,亦不想念。

04

外婆是个优雅又美丽的老人,她懂一草一木的情分,珍惜土地与光阴。

外婆的家不大,但很诗意。堂屋通往褐色木质大门,铺着一条青石砖小路,小路一侧,是一个种着许多应季蔬菜和花儿的小园子,另一侧种了两棵梨树,一棵结褐色皮梨子,一棵结绿色皮梨子,梨树旁边,是一个小小的灶火。

外婆摘了园子里的黄瓜和西红柿，用白糖凉拌西红柿，黄瓜用清水洗了，可以直接咬着吃，林婉清跑跑跳跳到那个老式橱柜前，踮起脚尖，拿一根刚清洗过的黄瓜，"嘎巴嘎巴"地咬起来，黄瓜的淡淡清香，让夏季的清晨变得清甜。

林婉清喜欢吃糖拌西红柿，既可以是一道菜，还可以当小吃。九十年代，这就是难得的美味。

外婆种了许多月季，这种月月开花的植物，让农家小院儿四季芬芳。月季颜色极多，奶白色、水红色、紫红色，还有橙黄色和柠檬黄。婉清最喜欢摘一小朵，用玻璃瓶子装满清水养着。小屋里因为这朵月季，芬芳满堂。

林婉清在外婆家"沉醉不知归期"。1998年的夏，成了记忆里珍惜的美好。

05

一朵花，结了花苞，盛开，最后凋零。人生，就是一朵花的红尘历经。

林婉清小学毕业了，中学毕业了，要上大学了。外婆越来越沉默，小院儿里的蔬菜和花木，再不见丰韵的模样，变得荒凉、落寞。后来，外婆连从堂屋走到小院儿，都需要拐杖的辅助。母亲把外婆接到家里照顾，但外婆已不记得身边的人和事，每天坐在家里，像个空气人，更加沉默和孤独。

2008年，林婉清十八岁，考入省内一所艺术院校。外婆七十五岁，平静安详地离开了这个世界。

匆匆忙忙赶到家，林婉清看到躺在床上的外婆，面容祥和，仿佛睡着了那般。那一刻，她的眼泪无声无息地落下来，湿了脸颊。人到

栀子花开，栀子花落，过去的终究只能是过去，但我相信，生活的每一步安排都是精彩的，走过的路是不会重来的记忆，未知的路是踏步向前追寻的美好。

心空的时候，是不会号啕大哭的，只会无声，就连落泪都不惊天动地，好像一株草木，静默、无言，但是慈悲、平和。

外婆的墓地，在小村外的田地间。妈妈在四周种了柏树，外婆一生与田园为伴，生生世世与田园为伴，她与外公合葬在一起，年年岁岁，永不分离，守着一方田地，自在耕耘，静默欢喜。

06

时光，带走了青春年少，但会留下拥有过的美好。

林婉清大学毕业，工作，旅行，发生了太多变化，唯一不变的是那个贫瘠又富足的年代。1998年的夏天，外婆说："清清住几天吧，院儿里的梨子快熟了，这些天还有些涩，住下来再等几天就可以吃了。"

天上的月，清清凉凉，安静无声，星星眨巴着眼睛。一个孤独的老人，一个天真的孩童，还有一只猫咪、一缕花香、一座老屋、一寸时光。

永恒的爱，落在日常里

夏已深，我坐在抬头看得见花开的房间里，写下日常光阴里的美妙。

那些年，曾追寻着遥不可及的繁华，如今，反倒更加偏爱素雅的生活。收拾旧物件，青绿色印着大金丝孔雀的裙落入视线，想来，应该是五年前的。曾经，怕辜负年华，于是热烈地绽放过。我想，不是年岁的增长，而是内心的回归吧，一粥一饭、一花一木、一日一岁，才是生活之真。

于是，少女时代如牡丹花似的热情，早已化作茉莉的清雅。不再强求，不再为事情争高下，只是在日常里懂得怜取眼前的福报，认真准备晚餐，与食物对话，珍惜陪在身边的人，不再任性。

01

晚归，她说："等你吃晚餐。"

那个陪了我许多年的姐姐，我总是羞于说爱，可是，我又是个情感丰富的女孩，对她充满着深爱。许多时候，我认为生活只有雪月风

懂得了四时有序,一棵草也有它的时令,我们在面对人生的诸多不堪时,就会包容许多。

花。柴米油盐内心虽也爱着,却只是以浪漫的方式爱着。可是,若没有她对我柴米油盐上的照顾和陪伴,又怎会有我如今的雪月风花呢?

这四年来,她像宠女儿那样宠着我。古话说,长姐如母。我的姑苏梦,有她陪着,才会丰盈。每晚的家常饭,是我最爱的美味:番茄炒蛋、清炒西葫芦、豆干炒芹菜……简单的饭菜,情谊浓浓。

有人问我,面对生活为何总会怀着喜悦?那是因为,走过的这些旅途,我所遇见的都是爱和善。

记得幼年时,我很贪玩,放了学去邻居家找同学玩,便会忘了晚饭的时间,每次妈妈做好了晚饭,都会站在小院儿喊我的名字,温柔的妈妈从未因为我的晚归而发怒。就是这点点滴滴的爱,伴随着我的成长。

人世间,表达爱的方式太多太多,但所有的美好词语,都不抵这句朴实的"等你吃晚餐"。

02

他们相爱十年,结婚七年,与万千平凡的夫妻一样,为生活奔波,但他们却把鸡毛蒜皮的日常,过得像一首怡心的田园诗。

结婚的时候,反对的声音很多。她的闺密说,他长得不帅,你们在一起,简直就是那句不好听的俗话,癞蛤蟆想吃天鹅肉;她的父母说,他只是个小小的职员,跟着他,你会吃苦的;她的亲戚说,可别犯傻,我们单位某领导的儿子,和你年龄相仿,我去给你牵牵线呢。

这些她都不在乎,依然要嫁给他。她说,我喜欢和他共进晚餐。

在一起后,他每天晚上都变着花样做晚餐,等她回到家里,菜香飘满房间。有一次,她与朋友在外吃饭,回家晚,又忘了告诉他,当她推开家门,熟悉的饭菜香飘来,他安安静静地坐在沙发上看书。

看到她回来，他起身，说："回来了呀，我去把饭菜再热热，等你吃呢。""你吃了吗？"她问。"没呢，等你一起。"他缓缓地说。

他竟然一直等着她，等着她吃晚餐。她没有把在外和闺密吃过晚餐的事情告诉他，而是陪着他，吃完了那顿晚餐，因为她不想辜负一个男人最朴素的爱。这么多年过去，她始终没有忘记那天的晚餐。

结婚的那天，他问她："你爱我什么？"她轻轻地说："准备好听了吗？"他点点头。"我爱你，陪我吃晚餐时候的模样。"

婚姻会消磨掉两个相爱之人的热情，然而，对于他们来说，婚姻却是人间烟火，是寻常的浪漫。过了婚姻里的七年之痒，她亦做了妈妈，从她的脸上，看不到人到中年的油腻，她的举手投足间，都透露着女孩的干净和舒适。

她说，因为爱。

情话有千千万万种，我爱你，是最直接的爱的表白，但它却如绚烂的烟花，虽然美丽，却易消散，那瞬间的美只能留在瞬间，天空依旧寂寞，黑夜依旧安静。深情的情话，是无声的，是在一朝一夕的日子里，给予彼此的陪伴，这陪伴，就是等着你吃晚餐。

爱情若不落在穿衣、吃饭、睡觉这些实实在在的生活中去，是不会长久的。等你吃饭，不就是最浪漫的日常吗？无论夜多深，无论灯火多灿烂，唯有那一盏，是温暖；唯有那个人，是思念。

03

越是永恒的爱，越落在日常里。

我对你最深的爱，是在余生光阴中，等你、陪你吃晚餐。

127

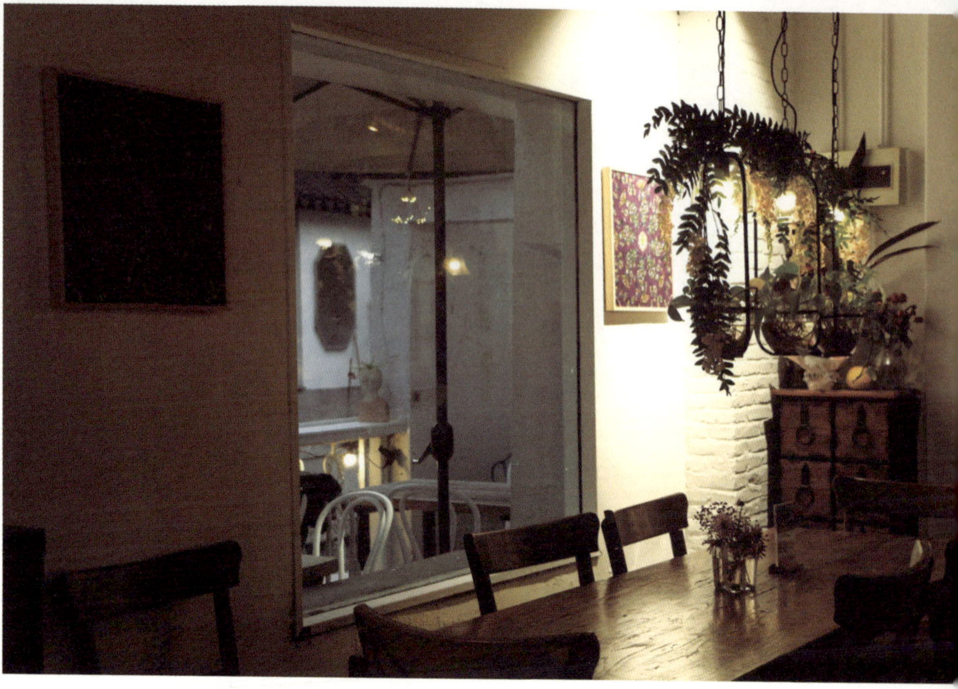

人生之美，是有着这些风闲岁月。所谓风闲，不是不问世事，而是在浮华的世事里，随时有一颗出离心，去认真地体会一寸光阴里的好。

轰烈烈固然热闹,但人需要一隅清静之地,与爱的人相守相伴,这是快乐。人生那么长,当下的分分秒秒才是值得珍藏的美好,眼前人才是此时此刻的爱之所及。

向前走，与美好不期而遇

喜欢回忆细碎的光阴。三月的樱花纷纷扬扬，五月的蔷薇为浪漫的夏日写序。而今，我流连在微凉的晚风中，有轻浅的喜悦在心中浮动。

关于我生活的小城，我总有数不清的感动，想要说给你听。

古老街巷上临河的那株合欢，在初夏静悄悄地开了。蓦然回首，邻水人家门前的葡萄藤架上，一朵朵凌霄映着白墙黛瓦，为路人留下芬芳。淅淅沥沥的小雨，总在你没有防备的时候突然而至。植物被冲刷得洁净清澈，走在街上，深浅不一的绿映入眼帘，纤尘不染。颜色各异的花在雨中亭亭玉立，楚楚动人。

望着小扇子似的合欢和灿烂的凌霄，心灵也被这偶遇的花开震撼。

想到"不期而遇"这四个字。多美啊，一个人遇见另一个人，就这么冒冒失失地闯入了彼此的生活，再难忘记。这样的不经意，又恰好像极了这江南的梅雨，让人欢欣，偶尔又让人措手不及。

那是姑苏的梅雨季节,她却忘了随身带一把油纸伞。原本晴朗的天突然下起雨来,她不是戴望舒笔下的丁香姑娘,没能在悠长寂寥的雨巷遇上撑着伞的浪漫诗人,只得一个人慌忙地找地方避雨。

真狼狈!她这样想着,远远看见小巷深处的人家,快步走过小桥,狂奔向人家屋檐下,却已经躲不过雨的亲吻。衣襟上落满雨水,湿漉漉的长发搭在脸上、背上。如果要给相遇写一个剧本,她一定会以花开而非大雨为背景,可是,遇见本身,没有剧本可言。她抬头,撞见一双干净的眼眸。

他冲她憨憨地笑,那笑容有着梅雨般的清凉。"往里站吧,雨大着呢。"他说。他的头发,亦被雨水打湿,在眉目之上垂着。

如果不是这场雨,他的发型应该很漂亮吧。她这样想着。

她小小的身子往里挪了挪。又聊了些什么?她记不大清楚,只记得,那户人家院子里的芭蕉高出了白墙,在雨中显得更加清澈;只记得,雨水落进对岸的小河,荡起圈圈涟漪;只记得,莫名加快的心跳;只记得,他低沉的声音和琉璃般明澈的眼睛。

这场雨太过孩子气,顽皮起来,顾不上时间,怎么也不肯停歇。过了许久,雨才逐渐转小。天边挂着七彩的虹,芭蕉叶子上,还留着刚才梅雨的气息。他的笑容,和阳光一样温暖明媚。

"彩虹,真美。"他说。

如果此刻的场景是一幅画,一定是初夏最美的画卷。刚才烟雨蒙蒙的江南,此刻明朗了许多。他和她,一起抬头望着黛瓦映衬的天空。

"你喜欢姑苏?"他问。

他说的是姑苏,不是苏州,仿佛是从古时的烟雨中寻来的。

"嗯。"她回答。

关于姑苏，他们聊了很多。所谓相见恨晚，大概就是这样。后来，他总会在生活的细微处制造浪漫。他邀请她去湖边，共赏月升日落；他把《诗经》中的情话，用瘦金体写在落了花瓣的宣纸上送给她；他还会收集梅树上的雪花，为她煮一壶茶。

爱，不需要时刻挂在嘴边；情，不需要苦苦追寻。生命的奇迹，总会超出我们的想象，而我们要做的只是安心地接受、享用。梅雨年年如期而至，他们的故事，不波澜壮阔，却深入人心。由一场略显狼狈的邂逅开始，却被一个眼神拨动了心弦，此后，朝朝暮暮，花开并蒂。

人生如行旅。在这场旅途中，只管向前走吧，总有美好在等着你。我从来不喜欢刻意，总是相信遇见的和失去的一切都是刚刚好的安排，是不期而遇的惊喜，是命中注定。

夏天，与鲜活的绿不期而遇，风路过，绿就成了风的玩伴，与风同摆。东园，绿荫掩映着夏天特有的诗意。走在坡上，仿佛走在森林中。隐约听见笛声幽幽，循声而去，看见一位老人坐在树荫里，神情祥和地吹着他的笛子。四周是安静的，只有夏天的绿，与他同在。

坡下是茶室，许多老人会来这里喝茶。老友，清茶，远处是长高的荷花茎，护城河就在身边流淌。水流了千年，无数茶客来来往往。什么是永恒？也许只有自然才知道答案。

如果有缘，便来姑苏看看吧。数不清的美好和感动，都等着与你不期而遇。

深到一小朵花里的爱

01

四月末,苏州的空气中散发着淡淡的香气,你走一步,那香就跟一步,你再走一步,它再跟一步。总之,你走到哪儿,它就跟到哪儿,像个黏人的恋人,总是追着你问:"我美吗?我香吗?"

香,香得沁人心脾,香得让人魂牵梦绕,香得这夜色都流露出爱情的气息。

从苏州北站坐地铁到苏州火车站,再坐公交车回家。公交车的窗半开着,四月的风,有夏天的清凉,亦有春天的柔情,吹得人微醺。车子经过齐门桥的时候,阵阵清香从窗外钻进来,钻到我的呼吸里,钻到我对江南的依恋里,钻到我的笔下。

望向车窗外,古老的桥伫立着,灯火映着护城河水,繁华又安静。车子继续往前开,那香变得更加浓烈。我把窗子开大了些,贪婪地呼吸混合着香气的夜风。

苏州博物馆、拙政园、狮子林……这些熟悉的名字跳入我的听觉神经。吴侬软语，软绵绵的，十分好听。道路两旁林立的商铺，诉说着这座城市的烟火气。如果往白塔东路拐的话，就是我爱的平江路。这样想着，心里不由得喜悦起来。

这是什么香呢？茉莉、栀子，还是白兰？

或许都有吧。四月末开始，这三种花都逐渐开放，把沁人心脾的香，洒得满城都是。

我对白色素来钟情，对白色的花更是情深。何况，这白色的小花还带着与生俱来的清香呢。

苏州，我对你的爱，竟深到这一小朵花里。

02

每当与朋友说起我生活的这座城，我都想起撑着小船、戴着蓝印花头巾的船娘，甜美地唱着"好一朵美丽的茉莉花"。后来我去耦园弹琴，每次都会弹几遍这首曲子。

平江路上，挎着竹篮的老奶奶娴熟地串着一朵朵美丽的小花。

"买一串吧，可香呢！"她堆着笑对你说。岁月的痕迹在她的脸上铺开，但你却只觉得动人，这是时间留下的美丽印记。每个人都会老去，如果老了还能与这清雅的茉莉花相伴，也是一种幸福。

"多少钱一串，阿婆？"你也堆着笑，轻轻地问。但你的笑，那样青春明媚，这是成长过程中的美好。你浅浅的酒窝，如阿婆手中的茉莉花，清清白白、干干净净。

"五块钱三串。来，姑娘，给你戴上，香着呢。"阿婆说着，把那串刚串好的茉莉花手镯，戴上了你的手腕。

皓腕凝霜雪。你的脑海中突然蹦出这句诗。此刻，你腕上的茉莉花，可不就像霜雪那样吗？

"谢谢您,阿婆。"付了钱,道了谢。此刻,你戴着的不仅仅是茉莉手镯,还是姑苏城初夏的芬芳。

有时,卖茉莉手镯的阿婆还会串两朵白兰,挂在衣襟上,满身的香。无论走到哪儿都带着白兰香,心也跟着香了起来。

我曾在地铁口买过阿婆的白兰花,她用细小的铁丝串好递给我。一样五块钱三串,我挂在衣襟上去上课,笑容始终是舒心的。

"栀子花,白花瓣,落在我蓝色百褶裙上……"多年后再听这首歌的时候,我们真的成了后来的我们。栀子花香依旧,心中有些思念,有些淡淡的惆怅。洁白的栀子花,是青春,是浪漫,是最好的我们,是错过的擦肩。

我不追星,但我喜欢奶茶这样的姑娘。她笑起来很温柔,就像一朵洁白的栀子花,散发着清幽的香气。她很美,美得又那样恰好,不夺目,不刺眼,温暖又明亮。

栀子花开,栀子花落,过去的,终究只能是过去,但我相信,生活的每一步安排都是精彩的,至少在相遇时彼此都欢喜过。走过的路是不会重来的记忆,未知的路是踏步向前追寻的美好,人生际遇,很奇妙。

03

到了家门口那一站,我跳下公交车,恰好路过花店。买束花吧。心里这样想着,脚步也不由自主地迈过去。

"有茉莉花吗?"我问。

"有,在这儿呢。"花店主人迎上来,笑着回答。他是个年轻的小伙子,个子高高的,说话的时候十分开朗。

我走到他指着的茉莉花旁,看看这盆,瞧瞧那盆。他家的茉莉都结了花苞,还未全开,最后我选了一盆花苞多的,递给他。

"多少钱呢?"我问。

"十五块钱一盆。"他依然爽朗地回答。

"我要这盆,帮我装起来吧,谢谢哦。"

"好嘞,你拿好。"他帮我把茉莉花装在袋子里,递给我。

花香,离我更近了,再过几日,我的小屋里也会有淡淡的茉莉花香吧。或许,某天我推开家门,迎接我的就是这幽幽的香。这样想着,嘴角不自觉地弯成一个美丽的弧度。

今夜,我做了一件浪漫的事,就是为家添了一缕茉莉香。捧着这一小盆茉莉,我走在和风微甜的夜里,夜灯把香樟树叶的影打在我的裙摆上。风吹过,树影动,裙摆也动,寻常生活里的欢喜,莫过如此。

曾经,我对江南水乡的爱,是藏在古诗词里的。

"春来江水绿如蓝,能不忆江南?"
"正是江南好风景,落花时节又逢君。"
"春水碧于天,画船听雨眠。"
"织成云外雁行斜,染作江南春水浅。"
……

如今,我江南水乡的爱,是落在实实在在的日常里的。人家院墙里传来忽远忽近的琴箫声,清晨的小河散发出的幽幽水香,老屋门前的一把旧锁,巷子深处一段久违的故事,生了青苔的石板小路,甚至仅仅是忽而飘来的阵阵花香。细碎时光,日日欢喜。

我耽于这样的日常，甘愿做它的信徒，交付韶华沉醉其中。一座城的气息，只有深入到这座城生活，才能感受得真切。

在日记本里写着小小心愿，在苏州养一个女儿，教她琴，教她书，教她诗、画、花、茶，陪着她慢慢长大，让水乡的温柔，养育小小的她。未来的某天，她长大了，读书了，离开故乡了，站在台上做自我介绍时，如流水般清脆的声音响起："我叫某某，来自苏州。"

苏州，这两个字吐出来，真是美极了。她会说："我的家乡，有桥，有水，有临水的老屋，有亭台楼榭，还有茉莉花。"而后，她轻轻地唱起，"好一朵美丽的茉莉花，又香又白人人夸……"

路上好时光
第三章

旅行之于我，不仅仅是游历过多少城市的数字，
更是在一成不变的生活中，
寻找突破与惊喜的方式。

清迈·故乡一样的远方

车窗外阳光极好,我打开张晓风的散文集《初心》,开始这场爱与温暖的旅行。这是我极度迷恋的旅行开场白,书、风景、远方,偶尔会有阳光落到打开的书页上,明晃晃的,犹如打马而过的光阴,落在心中,浅浅的涟漪过后,仍旧波澜不惊。

开往上海机场的大巴车有些颠簸,看了一会儿书,眼睛就开始涩涩的。前些天苏州很冷,重感冒始终没有好,我只好合上书,打开手机听几首日语歌。熊木杏里的歌声在耳畔响起,她干净的音色,犹如少女时代的梦。

轻轻靠在车窗上,风景一点点倒退。时而是江南民居,时而是高楼大厦。人在旅途中,很容易产生写作的灵感。比如,一束阳光恰好落在你的发梢,偶然跳入视线的一丛野花,甚至,仅仅是途中那无声的光阴,都会碰撞出诗行。

很多时候,我站在陌生的城市,会忘了自己身在何方,有些景色似曾相识,有些时候又陌生无依,但无论哪种感情我都珍惜,因为,这就是旅行的奇妙之处。一路上有喜悦,也有孤独;有相遇,也有告别，但归根结底，旅行给予我更多的是心的辽阔。

01

泰国时间晚上十点半，飞机降落在清迈机场。几个小时的飞行，手中的书看了四分之三，有轻微的耳鸣感，眼皮上下打架。走出机场，黑色笼罩着天空，霓虹装扮着大地，在夜色里等待接机人，在心中默默说了一句："你好，清迈。"

晚上住在山甘烹的一个乡间民宿。从机场到民宿，窗外是无尽的黑和星星点点的光亮，恍惚间，我以为这是在故乡，安宁而静谧。

在这样的黑夜里行驶了许久，车子拐进一条小巷，停在民宿门口。下了车，映入眼前的是木质的房子、开花的树、古朴简洁的装饰。昏黄的灯光把夜色渲染得迷离又浪漫，大概是在乡间的缘故，星星似乎也明亮了许多，青蛙"呱呱"、虫儿"唧唧"地叫着，让人感到心安。

在路上越久，越会模糊故乡和远方。在异国找到儿时的记忆，仿佛踏上故土，而有时又感到陌生。人从出生起，便如风中的纸鸢，故乡握着纸鸢的线，只要有风，纸鸢就会飞远。但无论纸鸢飞得多远，线一扯，它就会跌落到出发的地方，留万千思念随风飘散。

在清迈的乡间，我似乎望见纸鸢那头，轻轻拉扯出美丽的弧线。深藏的往事被打开，这样的初相见，一定会谱写出美丽的诗篇。

02

在乡村的清晨，伴着第一声鸡鸣醒来。

许久没听到这熟悉的声音，好像是从幼年的往事里传来的。记忆拉开帷幕，光阴似乎还未走远。

同样的乡村清晨，窗外露出鱼肚白，透过木窗可以望见种在院子中的一棵枣树。听妈妈说，那枣树是我出生那年爸爸种下的。那时没有专门的鸡窝，鸡也自由自在，白天在村庄里到处转悠，晚上回来就卧在枣树上休息。

清晨的阳光，鸡是最先感知到的，还在做梦的我常常被它们吵醒。我曾怨过它们，惊扰了我的美梦。一晃十几年，我离开了小村，清晨都是被闹铃声叫醒，倒是开始怀念起那单纯干净的旧时光，怀念起那一声声的鸡鸣。

我起身，拉开白色的窗帘，让阳光落在木屋的地板上。赤脚站在窗前，望着窗外的繁盛草木，想着曾经的那个小女孩。那时，她也是这样深情地望着窗外，不知道天有多高，梦有多远，总想着窗外的世界，一定有七彩的虹和浪漫的遇见。

这是来到清迈的第一天，所有的美好，正慢慢拉开序幕。

清迈的清晨，时常会有虔诚的居民在路边给僧侣布施。每一种信仰，都有它的坚持和值得我们敬畏的地方。后来听说，这里的僧侣一天只吃一顿饭，而他们的斋饭都是民众布施的。

人生一世，皆为修行，只是，有的人修行在佛前，有的人修行在生活。

我看到僧侣赤着双脚走来，安静平和，在胸前用双手托着钵。他们的眉目间流露着慈悲，我望着他们，心中有刹那的触动。就像人与草木的情感，很多时候，一刹那，就是永恒的记忆。

我把食物一点点放在他们的钵里，同时也把我的祝福放在了他们的钵里。其实，我一直很不解，他们为什么会赤脚走过来。尽管清迈的冬季并不冷，但这样走来，一路会遇见沟渠，会遇见石子，会遇见难走的路吧?后来,对这个问题我依旧没有答案,但我想,人生,不也是这样一路走来的吗?无论你有没有鞋子,都要经历沟渠、石子和艰难的路。

布施结束后,我们静坐着,听僧侣们诵经祈福。他们以他们的方式,传递人与人之间的善良,把祝福送给我们。布施,对僧侣来说,是信仰,对民众来说,是祝福的寄托。那对待生活的虔诚和敬仰,大抵就从这美好的清晨开始吧,一日日,一年年,延续下去。

03

我喜欢花草,喜欢山清水秀的村庄。吃过早饭,我们开车向山中行驶。盘山公路两旁,是葱葱郁郁的花草林木。我一直望着车窗外,生怕错过沿途的风景。一会儿偶遇一株叫不上名字的花树,一会儿偶遇一片绿林,一会儿又偶遇一座山中小院儿,这些风景,都让我心生欢喜。

走了一个多小时,我们的车子停在一座小山村。这里盛产咖啡,居民不多,家家有花。

清晨的雾还未散去,村庄里都是湿漉漉的气息。偶尔会看到几个村民,从远处的山路上走来,说着我听不懂的语言,笑容亲切。

村长是个很热情的男人。据说,他年轻时是吉他手,还开过飞机。关于开飞机这件事我并不清楚,但晚上时,我真的听到他边弹吉他边唱泰语歌,歌声十分动听。

他给我们讲村庄的历史,带着我们参观村庄。走到村头的时候,遇见一户外国人,闻到满屋咖啡香。母亲专注地挑拣着咖啡豆里的杂质,父亲向我们介绍着咖啡豆的制作过程。采摘、晾晒、脱壳、烘焙、加工。每道程序,都需要有匠人之心,有了天时、地利、人和,才能做出醇香的咖啡。

这一家人现场为我们磨咖啡，香气弥漫在空气中，浓烈馥郁，让人迷恋。我还是第一次喝到这样的咖啡，入口微微苦涩，苦涩后是回味无穷的香。

告别那一家人，我们回到村长家吃午饭。我再次被村庄里植物的美震撼。那是一座古旧的小院儿，院墙是用篱笆扎的，门前种着炮仗花。说是门，其实只是用篱笆扎成的敞开的拱形。炮仗花开得迷人，那一簇簇的花儿，实在太多了，落了一地。我站在炮仗花下，多么希望自己就生活在这样的小院儿里，远处是山，近处是花，屋外诗意，屋内温暖。

瞬间的灵感让我写下了这样的一段文字：

被这一院的花惊艳，
我对山清水秀的村庄小镇素来有深情。
一院花开，朝朝暮暮，还有什么能比得上这样的幸福呢？
其实，幸福说到底只是灵魂的寄托，
有人把灵魂交付给海市蜃楼，有人把灵魂交付给青山绿水；
有人把灵魂交付给名利富贵，有人把灵魂交付给爱和自由。
但我知道，无论交付哪般，只要内心无悔就是最好的选择。

村长夫人做了当地特色的面给我们吃。吃过午饭，我们去徒步。面对郁郁葱葱的密林和陡峭的山崖，我不免在心里打了个寒战。担心遇见蛇虫，担心某一步踩空摔倒，可有些事情，你不做，就永远不知道自己有多少能量。

我开始欣赏沿途的风景，踏入山林前的恐惧早已不复存在。落日下的丛林，偶然遇见的花草，咬开丝丝甜甜的红果。越过山峦，看见瀑布飞流直下，清凉的水汽扑面而来，所有的美好，都在那一刻不期而遇。

晚上的山谷派对，我听到了村长的歌声，当年弹着吉他唱着歌的少年，在这个夜晚，似乎又回来了。泰国歌曲一首首地听，吉他、手鼓敲起来，就连水塘里的青蛙都跟着我们打节拍，"呱呱""呱呱"，这是专属于乡间的民谣。

夜深，凉意袭来，我们互道再见。

山间的月色仿佛也在说着："晚安。"

04

清晨推开窗，有风掠过门前的樱花树，吹落一地花瓣。不由得想起"落英缤纷"这个词，望着地上的落花和风中的花瓣，心也跟着疏朗起来。

我对山林村庄的情结，在这样的清晨打开。曾有读者对我说："小隐，你让我明白了何为岁月静好。"我回她浅浅的微笑。许是性情使然，素来对热烈、闹腾的东西很拒绝，对青山绿水却非常钟情。我梦想过诗意栖居的模样，安静、平和、慈悲、素心，与泥土自然为伴，有花儿可种，有人可爱，日出而作，日落而息。

此刻远山蒙蒙，推窗便能闻到花香，正是我理想的生活状态。

太阳慢慢地穿过云层，阳光落在山林间。我喜欢这样悠然的生活，望着蓝天白云、远山绿树，我坐在吊椅上，内心有许多感动。人生本来匆忙，我们努力地向前，不知疲倦，亦不过是为守候这一片晴空、一抹闲暇。

其实，快乐就好。

快乐的方式有很多种,这样的静好,恰好就是适合我的方式。

05

下午离开小村,我们来到传说中的大树咖啡店。据说,这是来清迈必去的地方。开始我对此不以为意,到了之后却被深深震撼。

这棵树很古老,我估计有几千年了。枝条伸向远方,粗壮的树根稳稳地屹立在山坳中。就在这棵树上,竟然开了家咖啡店。远方的山,脚下的崖,风掠过发丝,一杯咖啡、一份甜点,时光便慢下来,可以花一整天写一首诗。

这样一棵大树,从山坳中发芽,到长成如今的模样,一定经历过许多风风雨雨。然而,它始终屹立着,任岁月风蚀却更加坚忍。我们的一生亦如大树,会有阳光和雨露,还会有风霜和雨雪。这些都是生活给予我们的养料,能帮助我们成长。

晚上回到山甘烹民宿,夜幕像无名的流浪诗,我们都是诗里的词句。

那天,我们赶上了清迈一周一次的夜市,几行人一拍即合,相约去逛逛。车子在黑夜里行驶,夜风很凉,仿佛有故乡的感觉。

城市的夜市,是最有烟火气的地方。手工艺纪念品、卖唱的街头艺人、杂技表演……这俗世的热闹,把生活的活色生香演绎得淋漓尽致。

我在小摊儿上淘到几个手工佩饰,准备送给国内的朋友。为自己选了一个手工鱼挂饰,是第一眼就爱上的小鱼,精致又朴素。对于我而言,这条小鱼饱含着手艺人的情怀,以及这座城市留给我的纪念。

夜渐深,热闹归于寂静,人也散去。我们坐在回程的车上,路灯星星点点,与这座城市道一声"晚安",在心中与它约定好下一次的碰面。

很多时候，我站在陌生的城市，会忘了自己身在何方，有些景色似曾相识，有些时候又陌生无依，但无论哪种感情我都珍惜，因为，这就是旅行的奇妙之处。一路上有喜悦，也有孤独；有相遇，也有告别，但归根结底，旅行给予我更多的是心的辽阔。

扬州·梦里江南

她唱着:"雨绵绵情依依,多少故事在心里,烟雨蒙蒙唱扬州,百年巧合话惊奇。"

她唱着:"烟花三月是折不断的柳,梦里江南是喝不完的酒,等到那孤帆远影碧空尽,才知道思念总比那西湖瘦。"

四月,我是听着她的歌声,遇见扬州、遇见另一个江南的。

对扬州的初印象,是少女时代看的一部爱情剧,叫《上错花轿嫁对郎》。故事的发生地就在扬州。当年,对于生活在中原大地的我,看到烟雨蒙蒙,看到亭台楼榭,看到碧波如烟,心中总是期待,想要去看一看这美丽的风景。

其实,这些年在苏州,这里亦是名副其实的江南水乡,那些扬州有的,在苏州也都寻得到。可到底对扬州有情结,念叨了许久,还是踏上了旅途。

从苏州坐巴士到达扬州两个多小时,沿途有农田、有屋舍、有水溪、还有鸭、鹅。车窗外,风景一点点地倒退,四月的江南,褪去三月的万花芬芳，换上初夏的明媚。在扬州西站下了车，出站，马路两边的绿化林木，葱葱郁郁，让人的心情也跟着明快起来。

果然不负期待，一入扬州城，就被一城的绿震撼着。一座像森林的城——这是我对扬州的第一印象。

瘦西湖，思念总比西湖瘦

到了扬州，瘦西湖总是要去的。瘦西湖原叫保障湖，其实，我觉得瘦西湖好听。就这一个"瘦"字，便有道不尽的风情。何况，西湖，总比保障湖好听吧，再加上"瘦"字，要多江南就有多江南，要多诗意就有多诗意。总之，就是这个"瘦"字，让这片湖水有了风骨，有了灵魂。

这名字源于清乾隆年间钱塘诗人的一首诗。当年，钱塘诗人汪沆慕名而来扬州，看过扬州美景之后，就秀口一吐，赋诗一首："垂杨不断接残芜，雁齿虹桥俨画图。也是销金一锅子，故应唤作瘦西湖。"整首诗我读完，最后那句瘦西湖是真的妙。诗人把扬州的"保障湖"与自己家乡的"西湖"作比较，可见这湖的风景有多美。

瘦西湖景区的景点很多，如果来扬州，瘦西湖至少要游玩三到五个小时，否则是很难全部看完的。这么多的景点中，著名的有二十四桥、长堤春柳、万花园、盆景园等。

走进景区，先是被一条瘦瘦小小的湖水打动。湖水真绿呀，夹岸的迎春花，只剩下寥寥数朵，但它那垂下的枝条，映在水中，那样婀娜，杨柳依依，午后的风轻轻吹着，好一派江南风景。

有小船缓缓驶来，在湖中悠然自得。走过小桥，一株盛开得极好的紫藤花，清淡素雅。也许是因为水吧，那紫藤颜色格外鲜亮，有紫

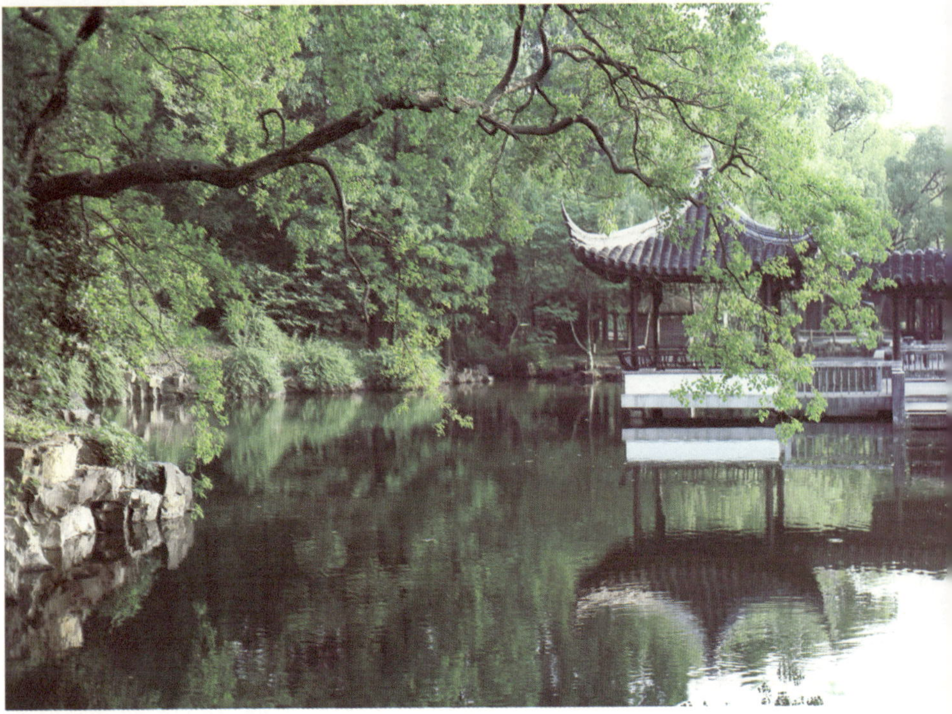

一镇，一院，一盏茶，一抹时光，这样的好，是静，亦是寂。与生活握手言和的人，从来都不怕寂寞，因为他们懂得，繁华终归会散去，清净才是长情。

藤的花垂落到湖边的石上，每走一步，都是一处风景。

因为水，花更明媚；因为花，水更清澈。还因为四月的绿，让一切都显得那般恰到好处。微风路过的每一处，都有温柔停留。

琼花是扬州市花，韩琦有诗"维扬一株花，四海无同类"来赞美琼花，在瘦西湖风景区内琼花非常多。四月中旬，琼花都开好了呀。那片片雪白、瓣瓣圣洁的花儿，置身花下，宛若撞见一场浪漫纯净的爱情。

说起琼花与扬州，就不得不提隋炀帝杨广。据说隋炀帝三下扬州，就为了看琼花。但琼花有着洁身自好、不屈权贵的品质，这隋炀帝就三次都失望而归。关于隋炀帝到扬州，是否真为琼花而去，并无正史记载，不过《隋唐演义》中有"看琼花乐尽隋终，殉死节香销烈见"的描述。

我喜欢琼花，是因它清白无瑕的花色，朴素自然的花形。稍不留神，就被这小小的花朵吸引，一侧湖水，琼花伴着湖水开；一侧绿植，琼花也对着绿植开。人走在小道上，与花同在，淡淡的植物香在空气中流动着，慢慢地送往每个旅人的鼻尖，深深吸一口，心也跟着生长出清幽的香。

二十四桥明月夜，玉人何处教吹箫

青山隐隐水迢迢，秋尽江南草未凋。二十四桥明月夜，玉人何处教吹箫。

这是唐代诗人杜牧的诗，名叫《寄扬州韩绰判官》。这首诗的意境真美，我突然想起苏州的枫桥。大多数人知道枫桥和寒山寺，是因为张继的《枫桥夜泊》，那"姑苏城外寒山寺，夜半钟声到客船"传唱至今，很入人心。我知道二十四桥，则是因为"二十四桥明月夜，玉人何处教吹箫"。所以，诗，是很美的存在。古诗，更是美到惊人。

关于二十四桥，有很美的故事。起初读杜牧的这首诗，我以为是二十四座桥相连，但《扬州画舫录》中说二十四桥即"吴家砖桥，一名红药桥"。在《扬州鼓吹词》中又有"是桥因古之二十四美人吹箫于此，故名"。其实，这样来讲的话，倒是与杜牧的诗比较吻合。

今日，在瘦西湖，五亭桥西边的景区，是为广大外地游客所熟知的二十四桥。景区内主建筑熙春台东面有杜牧的诗碑，刻着《寄扬州韩绰判官》。这又让我想起枫桥景区，亦有《枫桥夜泊》在。现代人总爱把古人对这个地方的赞誉拿出来，不过，我觉得这样蛮好，至少，我们还未忘记诗的美。

万花会，以花为媒

扬州万花会在每年的4月8日到5月8日举行，瘦西湖景区内，我们很巧地遇上了这场以花为媒的约会。自宋代起，扬州就有"万花会"的活动。大好春光，再慵懒的人，都该走出去，与花花草草们恋爱，与自然风景相遇。

各种各样的郁金香，争相开放，还有专门布置的盆栽花卉。走过那一条"花道"，淡淡清香混杂在风中，精巧的布局设计，错落有致的景观，真是步步生香。

盆景小世界

扬派盆景是中国盆景艺术五大流派之一，站在扬派盆景博物馆门口，就能感受到它如诗如画的江南美。走进去，先是室内展馆，枯木、花卉组合在一起的艺术美，简直太震撼人的眼睛。扬派盆景最显著的特点是融"诗、书、画、技"为一体，宛若一幅清雅的中国画，有着"清秀、古雅、飘逸、写意"的风格和"一寸三弯"的剪扎技艺。

每一盆盆景，都蕴含着中国古典生活美，简单、秀雅。

室外展示馆，更像是个盆景园林。小小的盆景在白墙的映衬下，很古意。还有江南风情的窗，每走一步都好像步入画境中。盆景园内，有拿着水管浇花的园艺人，他穿着靛蓝色的衣，水管在他的手中仿佛一根魔法棒，一会儿工夫，一盆盆盆景上就水珠涟涟。正是午后，阳光温柔而浪漫，水珠挂在老枝上，在阳光下泛着七彩光。

做个园艺人，真好。日日与草木为伴，那些被他呵护过的草木，虽无声，却情深。园艺人安静、沉默，有许多话，说给植物去听吧。这样的感觉，有绵长、恒远的浪漫。

我用相机为园艺人拍下了几张劳作的画面，回来翻看的时候，心里隐隐的感动，为这样的静好人生。

杉树，美人树

我很喜欢杉树，高大笔直，形状也极好看。记得去年在绍兴的云杉驿，院内就植有许多杉树，漆黑的夜晚，明月挂在树梢，杉树静默无言，心安的感觉在心头油然而生。

155

从瘦西湖北门出来，对面是观音山，中间的路两旁竟种满了杉树。

北门往东关街去的路上，车子好像行驶在森林中，又如田园水彩画般浪漫。一座大量种植杉树的小城，我喜欢。杉树从树根到树梢，呈现伞状，而且又瘦长，如美人。这个季节的杉树，叶子又嫩又绿，抬眼之处皆是充满希望的颜色，即使你有再多烦恼，都会被这一路的绿清洗，心会跟着杉树，一路清宁。

这一刻，我竟无法用语言表达想要告诉你的美，如果有机会，就来扬州吧，看看这一路的杉树，是怎样的静好。植物虽沉默，却有着强大的精神。要不然，那杉树如何挺立路旁，直插云霄！所以，人类得向植物学习。

我知道，你的生活一定会有困惑，毕竟，这不是梦里桃源。你有复杂的人情世故，等着；你有老板急着要的报表，等着；你有孩子的奶粉钱，等着；你有家人的一日三餐，等着；你还有年迈的父母，等着。可你在等什么呢？你也有你的梦等着你！

把生活交给生活，你只管去爱它就行。像一株杉树那样，努力向上生长吧。

人的一生，都在不断行走、不断寻找，从故乡到江南，乡情成为珍藏的美好，远方又成为追逐的故乡。

正仪·云水禅心的小镇时光

01

"走,带你去正仪古镇。"她说。

"正仪古镇?"我迷惑。

在苏州这么久,大大小小的古镇走过不少,无论是家喻户晓的周庄、同里,还是欠些名气的甪直、锦溪,我都已访遍。正仪古镇在哪里?

正仪古镇,位于昆山市玉山镇西侧,北衔阳澄湖、傀儡湖,与巴城镇、城北乡接壤,已有六千多年的历史。在江南这片水域,古镇古村星罗棋布,那些已有名气的古镇,摇身一变成了旅游胜地。然而,还有许多被人们遗忘的古镇,像迟暮的老者,守望着岁月的更替,宠辱不惊。

正仪古镇就是这千千万万古镇中的一座。

她是我在某次读书会上认识的姑娘,长发及腰,眉清目秀。同频的人,总会相遇,相遇之后亦会珍惜。往后的岁月里,她常常与我分享老电影和好听的民谣。后来,她说:"你笔下的江南有灵气,有机会写写那些散落的小镇吧。"我说:"好。"

就是这样的机缘,她带我走进正仪古镇,走近一位优雅、朴素的茶人,走入云水禅心的小镇时光。

上塘街是古街区,一走进去就有浓浓的古意迎来。流水人家,白墙黛瓦,沿街的老商铺诉说着正仪的历史。那是四月,苏州已算初夏,早春风的温柔与初夏风的清凉夹杂着袭来,吹动河岸的香樟树叶,水清,叶绿,仿佛浮动着的绿波,让人内心生出安静的感觉。

熟知我的朋友都知道,我的古镇情结非常深。因此,来到苏州之后,我探访过大大小小的古镇、古村。那些古镇,有的繁华,有的热闹,唯独正仪,我想用"归隐"二字来形容。

朋友向我介绍,这里曾经极负盛名。昆曲是苏州的文化名片,而正仪古镇正是昆曲的发源地之一。此外,这里还是并蒂莲的故乡。我一边听着,一边欣赏着沿途风景。穿越历史的烟尘,当繁华退去,小镇呈现出的是岁月静好的模样。

午后的阳光,温和、明媚,瓦蓝的天空中卧着朵朵白云。我们站在古桥上眺望远方,浓郁的香樟树叶遮挡住视线,目光落在一座座临水而建的老房子上。房子真的有些年头,长了青苔,落了尘埃,有人家的木花窗开着,窗下河水缓缓流动,落在水中的树影和云朵跟着流动,仿佛一幅清新自然又带着古意的水彩画。

过了桥,走在青石板上,足音轻轻,时光漫漫。在这个大多数古镇被过度商业开发的时代,正仪古镇就是静心的隐士,不追赶旅游的潮流,民风淳朴,始终保持着江南小镇该有的清和幽。

要说起来正仪的历史,真是太久远、太深厚。古时候,这里曾被

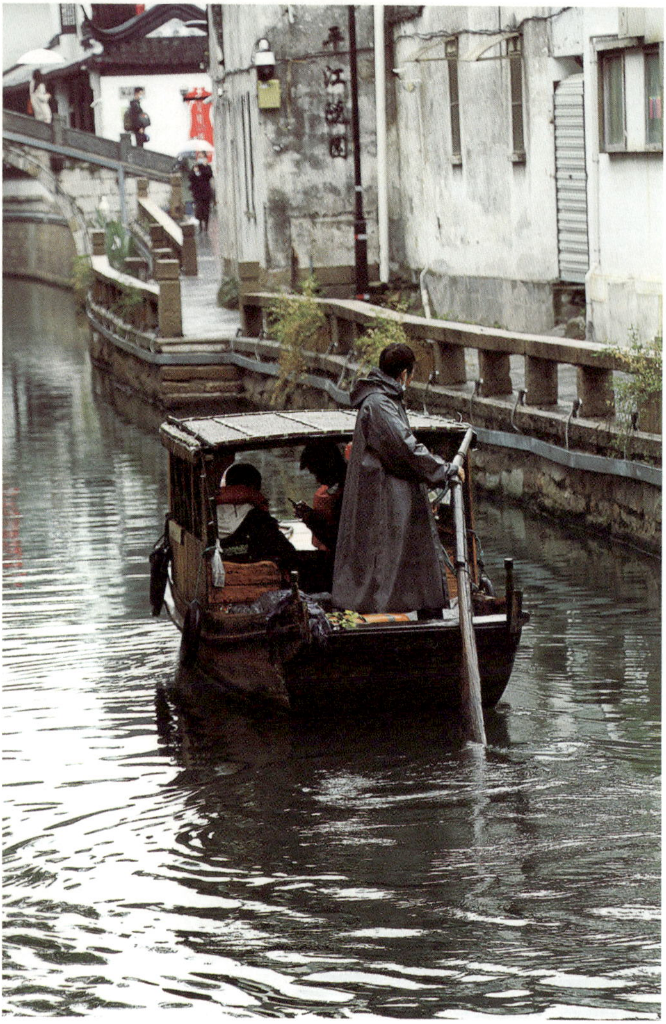

161

世事从来都有它自己的轨迹，行在人世间，我们要做的是以平和心待之，对万事万物满怀期待，但不刻意为某一目的，总有欣喜与你相逢。

称作"鹿野""星溪"。星辰、溪水,有隐士之风。"鹿野"则有田园意味。可以看出,这里自古就是风景如画。

此外,正仪古镇人文气息浓郁,民间书法比较有名气,有"省级书法艺术之乡"的称号。

古镇风景秀美,江阁云帆、双亭柳浪、星溪秋月、虹桥烟雨、依绿霜枫、渭塘渔火、娄江雪晓、东湖浮玉、阳澄霞鹜、绰山夕照被称作"信义十景"。不过,如今现存的只有娄江雪晓、东湖浮玉、阳澄霞鹜等自然景观。虽然故景已不复存在,但走在老街上仍能感受到它的昔日风姿。

02

几片芭蕉叶探出院墙,"倚绿楼"三个字映入眼前。真喜欢这三个字,有一种江南大家闺秀的感觉。楼主是个姑娘吧?大概爱穿素色衣裳,眉眼堆满笑意,沉默寡言,温暖明媚。这样想着,双脚已踏进小楼。

进门处,芭蕉碧绿,锦鲤嬉戏,花草繁盛,墙根处落满青苔,几件古旧的老物件,摆放在一侧,精致又诗意。我被这些小景物打动,而这些小景,皆出自楼主之心。

几年前,倚绿楼只是座老宅,后在楼主郑艳的精心设计下,成了一座隐在小镇的茶书院。朋友轻轻地问:"在楼上吗?""在呢。"声音清澈又明亮。一个身穿素色针织衫、长发温柔地落在双肩、笑容灿烂的姑娘迎了上来。她就是如今倚绿楼的楼主——郑艳。

她曾是园林景观设计师,后来到正仪古镇,择一邻水老屋,与茶为伴,简静清雅地过着小日子。这座茶馆,是她的禅园,亦是小镇上的隐世风景。二楼有古琴、有书,一楼有茶、有画。她说这里的所有水彩画都是她自己的作品。那些抽象的画作，意境悠远，画面随意又富有禅机，值得深深品味。

"楼下坐坐，喝杯茶吧。"楼主郑艳说。

她烫壶，温杯，置茶，冲泡，纤巧的双手在茶叶与清水间舞动。"我最喜欢下了雨，坐在这里听雨喝茶。"她声音低沉，缓缓地说。我抬头，撞见刚进门时的那株芭蕉。若下了雨，雨打芭蕉，瓦檐上的雨滴滴答答，屋内茶香袅袅，任是再大的荣华富贵，都换不得这样的时光吧。这样真好，隐于小镇，虚度时光，所有的深情与无言，都在茶里。

杯盏里，有两片冲开的茶叶，茶汤清澈，叶子在茶汤中，有着云水禅心的意境。我们就这样安安静静地对坐饮茶，今日谷雨，何事西窗谷雨茶，共赴一剪好时光。

茶喝到微凉，忽见"雪隐"二字映入眼帘，心中大喜。竹门，门上写"竹隐"二字，一株枫立于门前，脚下是小小拱桥，拱桥两旁则铺着石子小路，枫上挂一鸟笼，住着鹦鹉。不得不惊叹设计师的细腻心思，这些风景的空间并不大，却处处彰显雅致。

一镇、一院、一盏茶、一抹时光，这样的好，是静，亦是寂。然而，与生活握手言和的人，从来都不怕寂寞，因为他们懂得，繁华终归会散去，清净才是长情。

03

青团是我最喜欢吃的食物，甜而不腻，清香四溢。正仪的青团，在我品尝过的众多口味中为一绝。

刚过完清明节，正是吃青团的季节。在老街入口处，有位做青团极好的老阿姨，一块钱一个青团，有许多种口味可供选择。

作为江南特有的美食，只要是旅游景点，几乎都会有。但正仪的青团与别处不同，它在馅儿心里加入小块儿猪油，使其吃起来更加香醇。听朋友说，正仪青团在整个江、浙、沪地区都极负盛名。

　　来正仪古镇不得不吃的美食，还有泡泡馄饨。皮入口即化，泡泡大，点上猪油，满屋飘香。

　　在小店里看老阿姨制作泡泡馄饨，她的小孙女在一旁玩耍，这样的日常，没有惊艳，却有着朴素的好。

　　轰轰烈烈的生活，年少时经历过，无悔。而年岁渐长，越来越深爱这样的平静，过好一粥一饭的小日子，健康、快乐，即使平凡，也有平凡的珍贵。

04

　　太阳西斜，我们来了，又走了，小镇不动声色，始终保持着安宁与祥和。我知道，人生这趟旅行，总有一日，会回归到小镇的无声中。

　　因为，我们都在寻找一隅清净处，并蒂花开，不悲不喜。

洛阳·清净与繁华，皆为人生行旅

江南，五月，夹竹桃安安静静地开着。我坐在房间里整理照片，牡丹花开，妈妈灿烂的笑容把我拉回到那个人间四月天。

人的一生，都在不断行走，不断寻找。从故乡到江南，乡情成为珍藏的美好；远方，又成为追逐的故乡。

四月，我抛下所有工作，完完全全地与自然对话，每日里，除了写书、阅读和弹琴，就是走出去，看风景、看花开。电话里，妈妈问是否回家，春天的乡间很美，绿树成荫，花开成海。只为这样的美景，我收拾心情，回到故乡。

距离产生美好，其实，更多时候是不懂得怜取眼前风景。我执意栖居江南，看山、看水、看烟雨蒙蒙，却把故乡的风景搁浅，在乡愁爬上心头的时候，才忆起身后的那片土地。

洛阳，是我故乡的一座城。曾经，我与它有过蜻蜓点水的缘，如今，我带着妈妈一起，遇见洛城牡丹花事、禅佛往事。

唯有牡丹真国色，花开时节动京城

牡丹，是洛阳的名片，我对洛阳的初印象亦是这句诗。刘禹锡用寥寥几字，就把牡丹的倾国倾城刻画出来，它的风姿韵味、它的富贵繁盛、它的盛世美颜，无不成为每个游洛阳人的念想。

我的妈妈爱花，更爱硕大、美丽的花朵。我给她买蔷薇种，她嫌那花太娇小。她自己种了牡丹和芍药，十分欢喜，花开时，就乐呵呵地给我打电话，宝贝似的说着她的花开。

我的妈妈爱花，更爱红艳艳的花朵。她的少女时代，眼睛里看到的、生活里感受到的，只是外婆家方圆几里的小村，没有花红柳绿；她穿的衣，藏蓝色的确良布，没有花色，很素；她的长发，编成麻花辫，黑皮筋绑着，戴朵花都是珍贵。所以，她那样热爱色彩，那样热爱锦绣，那样热爱团团烟火。

带她去看花，她快乐得像个孩子，脸上的笑容，比牡丹花还灿烂。

小时候，我是她庇佑的小女儿，长大后，她是我用尽一生守护的小天使。一路上，她挽着我的手臂，神州牡丹园人多，她小心翼翼，生怕走丢。那样子，让我想起幼年时，妈妈带我看戏的情景。戏场人多，我紧紧攥着她的手，一刻不敢走远。成长与老去，是每个人都会经历的人生，懊恼过时间太快，却也欣喜，我可以成为妈妈的小小港湾。

园子里的牡丹开得真好，妈妈拿着手机，各种角度地拍照。虽然已过花甲之年，但她的心性却如少女。又黑又长的发，在耳后绾起，散落在双肩，黝黑的皮肤上，是岁月留下的纹理，可那又怎样，看见花,她依然兴奋。

真喜欢妈妈的生活状态,一生平淡亦平安。少女时代,她是家里的二姐,外公走得早,大姨出嫁,她便早早离开学校,帮助外婆担负起照顾弟弟妹妹的责任。生活的艰辛,磨炼了妈妈坚毅的性情,并陪伴她一生。她仿佛是一株凌雪傲霜的梅,冰天雪地里,散发着清雅幽静的暗香。

二十几岁嫁给爸爸,依然一贫如洗,但她用勤劳和智慧,撑起与爸爸的家。

认真过好每一天,不与邻里争,不与他人攀,用双手创造财富,用真诚善待生活。如今,妈妈在故乡守着一方小院儿,种花种菜种春风,归园田居。她的两个女儿,宠她、爱她,一家人虽不大富大贵,但平安喜乐。这是妈妈的福报,亦是我们一家的福报。

牡丹园内除了国内外一千多种牡丹,还有芍药。牡丹与芍药并称为"花中二绝",常栽种在一起,故有"牡丹为花王,芍药为花相"的说法,花王、花相次第开放,堪称绝美。

入园直走,国龙阁立于眼前,阁内雕塑着欧阳修的像,两边是盛开的牡丹。欧阳修曾在《洛阳牡丹记》中写道:"洛阳之俗,大抵好花。春时,城中无贵贱皆插花,虽负担者亦然。花开时,士庶竞为游遨,往往于古寺废宅有池台处为市井,张幄帟,笙歌之声相闻。"刻画着洛城牡丹盛景。

园内有导游讲解,国色天香的牡丹,尽展风姿。"春风得意马蹄疾,一日看尽长安花。"大唐诗人的笔墨一挥,就是传世诗篇,好一句"一日看尽长安花"呀,历史成过眼云烟,这里虽不是大唐长安,但花开却年年依旧,得意的是春风,亦是看花人。

妈妈对牡丹的爱，还源于花开得富丽堂皇。她不懂诗情画意，只有对生活最朴素的期待，任风风雨雨，绚丽依然。她知道，活着不易，但要有希望，牡丹花以富贵示人，我们终其一生追寻的，不过是盛世、平安、吉祥、富贵。

"这是闺女带她妈出来旅游呀。"我和妈妈正走着，身后传来这样的一句话。

妈妈冲我笑笑，我也朝妈妈笑："来年春天，带你去苏州看花。"

"好的。"妈妈快乐地回答。我从她的眉眼间看到愉悦。

二十多年前，她带我来到人间，用爱陪我看世界，以后，我会带她看世界，看她最爱的江南梅，看她深爱的每一朵花。

寻一清净地，以禅心，遇见一朵莲的盛开

踏足白马寺，足音轻轻，步履淡然。

带着一颗禅心走在寺院内，香火萦绕，绿树荫荫，就连说话都变得很轻很轻。

人生行路漫漫，我们总要找到一种让内心安宁的方式。有人以慈悲的佛为信仰，有人以宽厚的上帝为指引。其实，无论哪般，都是心之所向，只要向善、向美，佛自在心，上帝亦会佑护我们的生活。

生活繁忙，要随时有颗出离心。她没有信仰任何宗教，但她喜欢去林间寺院，看到虔诚的信徒，会被深深地触动，会有刹那的归属感。她贪恋红尘的热闹与烟火，但她亦会让自己在热闹中保持随时的安静，这场安静里，没有执念与纠结，只有干干净净的心灵。

白马寺香火很旺，来来往往的香客，俯身在佛像前，双手合十，默默祈祷。那些祈祷的人，有年轻力壮的男人，有穿棉麻布衣的姑娘，还有满头银发的老者。他们虽然处在不同的人生阶段，但他们内心的善和爱是相同的。这大概，是因缘吧！

她挽着母亲的胳膊，把对尘世最朴素的祈愿默念。母亲年纪大了，尽管银白色还未肆无忌惮地霸占着母亲的头发，可她依然可以从生活小事中，感受到母亲渐渐老去的痕迹。

母亲执拗，像个孩子。她说带母亲出来旅行，其实母亲是不同意的，怕麻烦她。后来她也孩子气，说："你不去我就不回家了。"母亲这才说好。

这世上有两种孩子气，一种是未长大的孩子，如每个父母健在的人，在父母面前都会有孩子气的表现；一种是年岁渐长的老人，他们经过成年人的迷惘和英勇，慢慢地开始回归，回归到孩童的状态。像一颗种子的成长规律，从破土发芽，到长成参天大树，最后，再枯萎成一墩木桩，在风中无言。

母亲的孩子气，是第二种。第一种在外婆离世的那天，就已经消失。后来，她把自己活成沙漠里的一株植物，因为，再没有一个可以呵护她如孩子的人。丈夫，只是与她携手走过人生，不会像外婆那样万事都把她捧在掌心。女儿，女儿还小呀，是个需要她去呵护的孩子。

直到后来，那株沙漠里的植物，渐渐老去。她的女儿，已经长成另一株沙漠里的植物。哪怕女儿依然会孩子气，但却懂得在她的面前学会英勇无畏，一如当年的她。

她们走向一座座庙堂。这是泰式寺庙的建筑风格，这是印度寺庙的建筑风格，这又是缅甸寺庙的建筑风格。她指着指示牌上的字，

——说给母亲听。然后，她举起相机，为母亲留下这趟旅行的纪念。

在寺院里行走，与别处不同。似乎有那样一种气场，让漂泊不定的心，就这样如水止静。

路过"止语茶舍"，"止语"二字，真是用得妙。生活在当下的时代里，我们最难学会的就是止语。渴望表达自己，渴望得到认可，渴望被万众瞩目，于是，我们开始大声地宣扬自己。然而，能学会止语的人，都是有大智慧的，他们懂得守口如瓶的真谛，更懂得缄默不言的禅机。

止语，是每个人都该学会的。

走了好久，夕阳落在金碧辉煌的泰式建筑上，无声地来，无声地去，如这束夕阳。踏出寺院，便是热闹的烟火日子，卖手工艺品的、卖南阳玉雕的，琳琅满目，眼花缭乱。

清净与繁华，皆为人生行旅。

这就是，生之喜乐吧。让我们为之迷恋又在迷恋之外，走近又疏离。

婺源·为自己筑一座桃源村庄

初秋的夜晚微凉，迷迷糊糊睡了一觉后，车窗外透着清晨独有的干净。

昨夜似乎下过雨，玻璃窗上还留着雨珠的痕迹。她这样想着，望向窗外，那绵延的群山，在雨水残存的湿气中显出有些忧郁的苍绿色。不知道是昨夜的雨给了山灵气，还是这山让雨多了几分诗意。总之，火车飞快地向前行驶，她看见一座座山峰，听见一声声呼唤。这一程，是内心的独白。

十九岁时，她读到这样一句话："如果有一天我要去远方，一定会避开大城市，去那些古老的村庄和小镇。"这句话出自一位素心如简的姑娘。如今，那姑娘已是一个小女孩的妈妈。在南方的某个小镇，教书、耕耘，与家人相爱相守。

她心动了。这么多年过去，她也确实走过了许多村落，与城市擦肩而过。尽管如今的她依旧在城市生活，但她知道，她在为自己筑一座桃源村庄。在那里，她可以伴着晨光醒来，枕着月光入梦。

01

火车停靠在婺源站。这是一座建在山中的小县城，出站，抬眼望去仍旧是山。但这不是她的停留地，她的远方，是那个挂在山崖上的古村落，是那个叫作篁岭的村庄。

已接近晌午，她从高铁站乘坐出租车到婺源北汽车站，再乘坐乡村公交车到达篁岭。

山间的风有些肆无忌惮，呼啸着从耳畔掠过。公交车司机把车开得飞快，她来不及欣赏沿途的景色，只看见偶尔经过的白墙、灰瓦、民居像电影镜头般闪现。不过，这样的飞驰，真有乡野的气息。这是她童年时非常熟悉的。

山脚下，她远远地望见那灰色的瓦、白色的墙。高高的马头墙，在一片绿山中掩映着，犹如水墨画般，美得不似在人间。

乘坐缆车上山，她才终于风尘仆仆地到达了村庄。这座村庄，被称作挂在山崖上的古村。古村只有一家民宿，名叫"晒秋美宿"。正值秋季，这里的晒秋文化，正是她此行最期待的风景。

入住晒秋美宿前，她就已经被这片青山震撼，几近落泪。乘缆车上山的途中，她的脚下是成片盛开的黄色小花梯田。那漫山遍野的自然气息，与她深爱的故乡，似乎有了交叠。

三角梅！

她又惊又喜，山崖上，竟然开着大片的三角梅，那三角梅正毫不羞怯地挣脱满山的苍绿，招摇着它热情的花朵。那陡峭的山崖，仿佛已成了它的陪衬。

长在山野的花也更富有野性，开得不管不顾。反正这山是它的，这阳光雨露是它的，哪怕忙碌的山民没有闲情雅致欣赏，它也不管。

它是开给自己看、开给这光阴看的。

她觉得自己身上也有野性。她的童年在村庄度过,母亲采取放养式教育,她就像这悬崖上的野花,无人欣赏却也自得其乐。自由、向上,无论风雨还是晴日,对她来说都是风景。

她入住的房间,窗外就是层层叠叠的油菜花梯田。现在并不是油菜花开的季节,所以,那万亩花海并不像全盛时那样壮观。如此也好,每个季节都有每个季节的美。她看到了油菜花刚刚萌芽的样子,她还看到了萦绕在山间的云雾,每天清晨睁开眼,窗外的景色都如梦似幻。

房间的陈设很简单,莲蓬干花和几张摄影作品设计成的照片墙,就是房间内所有的装饰。两只玩具小狗乖巧地趴在床沿,似乎是在等待她的到来,让人感觉十分温馨。木窗上雕着漂亮的花纹,有种古朴的气质。

这样的简单温暖,正符合她此时的心境。

02

赶了一上午的路,肚子早已发起抗议。稍作休息,她往天街走去。这是一条很深的古巷,是山村里的主要街道,但路上的商铺并不多,分散在天街两侧。

记忆总是消失得太快,再去想,她已记不起那家店的名字,只记得,她在那家小铺的一碗饺子里,吃出了故乡的味道。她坐在靠窗的位置,品尝着异乡的熟悉味道,看着陌生却让自己心生归属感的梯田风景。

面对自然,她总会生出爱怜之情。出了天街,往山的方向走去,山崖边开着粉红色的木槿,仿佛让秋季也多了些喜悦,少了些清冷。

木槿花的下方就是深崖,远处,则是绵延的群山。阴天,山尖有雨雾流动,那是一种潮湿又干净的感觉,很原始,一切的修辞在此时都失去了意义。这样的风景不仅是一种美,更是千山万水过后内心的归属感。

走在山路上,她如一只羽翼丰满的蝶,脚下生风,眉目平静,仿佛拾回了孩童时期的快乐。自然是生命最好的养分。在此刻,她要捧出最洁净的深情,不负彼此。

沿途遇到些无名小花,淡紫色、水粉色、艳红色、明黄色,散落在绿林山间,比精巧的诗画更加浪漫。

在山坳中,种植着大片紫薇树,虽然它的花期已接近尾声,但依然可以看到它在秋风中倔强不屈的风采,把大山点缀得诗情画意。恍惚之间,你竟然会以为,群山是因为这片花海而存在的。

即使漫无目的也总会邂逅惊喜,这便是旅行的奇妙所在。

垒心桥是一座赏花桥,桥的中间有一段玻璃栈道。她站在玻璃栈道上,向下望是葱葱郁郁的山林,远处则是一座又一座高山。待到油菜花开的季节,站在桥上,低头便可一览油菜花海,远山绵延起伏,梯田错落有致。若是天气适宜,还有层层云彩与金黄色的花海相映成趣。若是小雨绵绵,则可以享受清新的空气和云雾缭绕的梦幻。

只是,此刻的她无缘与那水墨画般的风景相遇。尽管如此,她仍然被眼前的景色深深震撼。梯田环绕着青山,细雨、烟雾,还有那些叫不出名字的小野花,点缀着绵延的山峦。油菜花已冒出小小的嫩绿色芽尖,在裸露的土地上显得格外可爱。几座白墙黛瓦的徽派老屋掩映在油菜花丛中,像是田园诗里描绘的画面。

她不由得想赋诗一首:

> 你从远方而来
> 寻一座田园之梦
> 山已苏醒
> 梦已发芽
> 草木等过春夏
> 盼来秋天的这场相遇
> 不
> 这不是邂逅
> 这是久别重逢

因为《欢乐颂》的热播,垒心桥成了"网红"打卡地。因为关雎尔和谢童的爱情故事,垒心桥在她心里也是一座爱情桥。

关雎尔遇见谢童,摘下眼镜放下乖,鼓起勇气,决定拒绝等待勇敢去爱。

她看过几集《欢乐颂》,剧中的五个女孩,各有各的美。关雎尔是五个女孩中的乖乖女,家境小康,矜持内向,有着古典温柔的气质。可是她却偏偏遇到了谢童,那个摇滚青年,外表不羁,在酒吧以唱歌为生。

两人因为在音乐上有共鸣而产生好感,但是其中,大概还有人对陌生的生活方式的渴望吧。就像一个一生被安排妥帖的人,内心总有个小宇宙渴望着轰轰烈烈。而生活得轰轰烈烈的人则想遇见安宁平静,那是突然闯入黑夜的白月光,洁净、温柔,让人迷恋。

关雎尔就是白月光，谢童就是小宇宙。他们牵手，他们相爱，他们在垒心桥上开怀大笑。这时的关雎尔不是戴着眼镜的乖乖女，谢童也不是放荡不羁的摇滚青年，他们只是陷入爱情的普通男女，只要对方在身边，便一切都好。

垒心桥因为关雎尔和谢童的爱情，在她的心中又有了更加美好的意义。她似乎在关雎尔的爱情里看到了自己的影子。

只是，山风那么大，站在垒心桥上大声说出的爱，大概会被风吹散吧？

但是，她还记得有句话说："爱过，无悔，何必在意结果呢？人生本来就是一场经历，过程里是美好，回忆里是甜蜜，不就够了吗？"

03

山野之美，在于自然之灵气，在于葱郁的山间林木，在于芬芳的花香泥土。穿过长长的玻璃栈道，便走入山间小路。清风徐来，风里有青草和瓜果的香气。

篁岭有三宝，其一为山茶油。油茶树在山间星罗棋布，不知是野生的还是人家栽种的。

从小生长在平原的她，对山有着某种痴恋。这大概就是得不到的永远是最好的，而总是对眼前的视若无睹的道理吧。她说不清，究竟是自己不懂珍惜已经拥有的风景，还是命运早已把对远方的追逐安排进她的生命。

山，承载了她对诗意栖居的全部想象。一座山、一片林、一寸土地、一间老屋、一段光阴，用心去耕耘，百年也不过寥寥。

油茶树便是这山林间耕耘的春秋冬夏。

她第一次见到这圆溜溜的油茶果,那样饱满、那样丰盈。它还含有抗氧化成分,能保护肌肤,延缓衰老,所以也可制成护肤产品。这让她想到古人的生活智慧,自己动手,丰衣足食,即使物质资源相对匮乏,也能在清贫的生活中寻得美好。恰是秋季,云淡风轻,油茶林硕果累累,这是单纯、喜悦的收获与富足。她渴望就这样慢慢老去。

她摘了几颗油茶果留作纪念,这是属于篁岭的回忆。就像她去清迈时,第一次见到柠檬叶子,长相很独特,散发着淡淡的清香,她便收集了几片。这些不起眼儿的小物,是每一段旅行带给她最珍贵的礼物。因为这些礼物里,有这些地方独有的味道。清迈,是柠檬香的清新。篁岭,是油茶果的丰润。

在山路上行走,让她想起走在乡间小路的童年时光。只不过,这里是梯田,倚靠着绵延的群山。而那时的乡间,是麦田,是掩映在麦田旁的寻常人家。

偶然遇见一家农舍,很破败,却也富有诗意。就像陶渊明的"采菊东篱下",因为读的人心境有别,有人读出了悠然,有人读出了萧瑟。在山间隐居的人们,因为追求不同,有人活出了自得,有人则活出了绝望。

农舍前种着许多花草,沿着走道拾级而上,一侧粉红,一侧明黄,把通往农舍的小路簇拥成一条花径。猫咪卧在土丘上慵懒地嗅着花香,即使有路人经过也不会被惊扰。偶尔有蝴蝶翩翩飞来,绕着花枝盘旋。

农舍里住着一对老人,过了大半辈子,晚年选择这样的生活,真可谓浪漫。虽然他们没有大房子,没有翡翠珠宝,可他们有明媚的阳光和清新的空气,他们有爱,有彼此,有小屋门前的几亩花田。这样的安逸人生,是多少人一生的追寻啊!

瓜果藤下,她想起一句古诗:"晨兴理荒秽,带月荷锄归。"这也是陶渊明的诗。一想起陶渊明,想起风雅的魏晋,她的心就跟着静了下来。

藤上牵着冬瓜、南瓜、丝瓜、葫芦瓜等,藤下青草茵茵,有些暗角还长了青苔。藤架上散发着木头香,风中夹杂着瓜果甜,一只壁虎在藤架上悠然地散着步,全然不顾她正拿着相机对着它"咔嚓咔嚓"。

无人问津的瓜果藤,或许只能作为风景吧。倒也蛮好。有时候,实用在诗意面前显得大为逊色。所以,别对一切事物都过分地追求"有用",美就好,内心满足就好。

原本阴沉的天空放晴,投射下几缕阳光,落在瓜果上,照着丰收,落在叶子上,透着喜悦。

甚好,甚好。一切的不期而遇,都是惊喜。

沿梯田而行,一路花香。山间的野花,大多朴素,就像生长在村庄里的小孩,并不起眼儿,但他们拥有无拘无束的灵魂,辽阔的田园给了他们肆意生长的机会。

凤仙花、鸡冠花、金盏菊……一路走着,一路遇见各色的花香。山间的风微凉,拂过耳畔,滑过脚踝,仿佛空气都变得温柔。梯田间偶见三两农人,在太阳下耕耘着。距离太远,她看不清农人脸上是喜悦还是辛劳。

但她觉得,依靠勤劳的双手为生活劳作,无论物质富足还是清苦,都是一种朴素的美好。

山间风景带给她的震撼，已经装满她的行囊，可当那红艳艳的三角梅映入眼帘时，她还是被感动得挪不动脚步。

三角梅开得热烈，一片，两片，三片……绿叶掩映间的花朵，简直可以用"疯"来形容。不管人们在不在意，不管会不会有人将这样的热烈称为俗艳，它就是要这样没心没肺地开花。

恰好，她就喜欢这样的三角梅。

三角梅的美是放肆的，一点都不知道克制，正合这乡野气。不克制的美，落幕时往往也会比较凄凉。她看到落在地上的三角梅，红得触目惊心，与依旧开在枝头的花儿形成鲜明的对比。

她想起一句话：有的枝头正得意，有的零落成地上泥。不记得说这句话的是哪位姑娘，但其实也没什么可得意，毕竟终究都要零落成地上泥，不是吗？

蜿蜒花径的尽头，是一座小屋。她想，住在那屋子里的人真幸福，一推门就是满目的三角梅。她最大的梦想，是居于山野小村，种大片的花，让花开成一片海。然后就做个闲人吧，与爱人过琴棋书画、柴米油盐的生活。可是，对于这小小的梦想，她却从不敢声张。

也许，人活着，根本就没有绝对的自由。

因为，生活会赋予你太多无形的枷锁。

04

走过那片三角梅花海，她又回到天街古巷。夜，慢慢降临。

古村被称为鲜花小镇。那些不起眼儿的咸菜陶罐、猪槽子，现在都种满鲜花，摇身一变成了古朴的花器。其实，美的何止是咸菜陶罐、猪槽子呢？美的是发现并创造美的灵魂。

沿街的商铺，几乎家家门前都有花，从山崖上缓缓而下的流水，

"哗啦啦"地唱着歌，流经老屋门前。那老屋，是一家服装店，店里的衣裳多为棉麻材质。店主是个姑娘，有客人进来，她也不过分热情。这样多好。衣服亦有深情，懂的人自然懂，不懂又何必强求？

此时的古村内，晒秋是最迷人的风景线。

错落有致的徽派老屋、斑驳的黛瓦、古朴的窗棂、写满光阴的老墙，以及那些朴素的农具，向路过的人诉说着村庄的质朴和丰收的喜悦。

红红的辣椒挂在窗棂上，捆绑好的芝麻、大豆立在厚重的木门边，金黄的玉米棒子挂在蜕了层皮的老墙上，竹编篮子里是又大又好看的南瓜和冬瓜，簸箕里是让人眼馋的柿子⋯⋯

这些蔬菜瓜果，她可真是一点都不陌生。南瓜粥、南瓜菜，是清贫的九十年代里，最美味的佳肴。

把玉米用玉米须编起来，挂在墙上或者窗棂上，这也是她童年时曾见过的景象。不过那时并没有晒秋的说法，只是因为机械还不发达，一季的玉米仅靠半个月的农忙根本收不完。但又不能耽误下一季的播种，她的祖辈乡亲们就想到了这个办法，把未做完的秋活先晾一晾，趁着季节温度的变化，先播种，待到农闲时，再慢慢地去做秋季落下的农活。

知季节，顺气候，是生活的智慧。然而，恐怕如今的我们早已把这些自然规律抛在脑后了吧。不知道这是人类的进步，还是倒退？

位列篁岭三宝之一的朝天椒，是这次晒秋的主角。红红绿绿的，在簸箕里安静地躺着。这是对丰衣足食的祈愿，对朴素生活的深爱。

夜深了。山崖之上，温暖的灯光星星点点，仿佛闪烁在山中的繁星。古村安静下来，住在村子里的旅人已悄悄歇息。今夜没有皎洁的月光，远山漆黑一片。

往回走吧。

她回到美宿，时而有虫鸣声响起。窗外下起小雨，和她刚踏入村庄时一样，是很温柔的雨，没有声响，落在古老的马头墙上。有些故事，不被提及，亦不曾被遗忘。

05

清晨，推开木窗，窗外下了小雨，抬眼望去，是烟雨蒙蒙的远山，在云雾中若隐若现，宛如她年幼时看的神话剧中的仙境。

云雾在山间流动，山是黛绿色，让她想到古时形容女子的美，会说"眉如远山含黛"。女孩子的眉毛像黛色的远山，面庞好似水中的半月、雾里的娇花，有含蓄、浪漫的美。

而此刻的山景，与女子有着同样的美好。云海缓缓流动，山尖微微露出，山坳中的梯田清润、干净，斑驳的马头墙被雨水洗刷得更有古意。这总让她感觉，那墙头的灰白色之间，埋藏着许多古徽商的故事。

若生在旧时代，此地真是绝好的隐居处。佳人在侧，煮一壶老酒，在茫茫云海间，仿佛一切都可以放下。

撑伞走在老街上，那古意更添了几分。

七八点钟，游客还没那么多，村庄还是安静的。她拾级而下，雨落在青石阶上，幽深的青苔和着雨水把一种叫作怀古的情绪生生填入她的心中。

似乎每个古老的村庄都有一座戏台。篁岭的古戏台，更加遗世独立。戏台很破败，不知道在这戏台上，曾演出过多少悲欢离合，又曾演出过多少无常聚散。戏如人生，人生如戏。旧时生活在古宅里的人，有多少掌握着自己的命运又被命运掌握？正如台上演出的场场大戏，回首恍然如梦，发现自己不过是在别人的故事里自我感动。

古戏台前的场地并不大，再往前去，就是悬崖。少有游客打扰的清晨，这戏台显得清冷又凉薄。小雨绵绵，雨声亦细密，生怕声音太大会惊扰了谁的旧梦。

她想起那一句：一出纸醉金迷闹剧，一袭染尽红尘的衣，唱罢西厢谁盼得此生相许。

这戏，是她的梦，还是谁的梦？

古村内还有许多古老的宅院。她踏足每一座宅院，似乎都听到那关于徽商的故事，在她耳畔缓缓响起。

慎德堂并不算大，但是很古朴。徽派建筑，让她感到的是幽深、清冷。就像电视剧《烟锁重楼》里那样，徽商、礼节、牌坊，连情感都是有些压抑和无奈的。

或许是因为没怎么修葺吧，老宅在岁月风霜下流露出颓败的气质。高墙、幽窗、深宅，一束光从天井洒落下来，让屋子里不至于太暗。屋内放着古老的相框。那种相框，她曾在九十年代初，在奶奶的房间里见过，相框里极其不规整地放着家里人的黑白照片。在慎德堂看到的相框，里面装着许多时髦女性的照片。卷发、细长的眉毛、旗袍，那样的画面，她只在上海女人香膏的包装上见到过。

这座宅院是晚清临川县令曹鸣远为其父母修建的。过去的人建造宅院，非常讲究风水，善于把神话故事中的人物、风景融入其中，赋予其美好的寓意。不像现在的高楼大厦，只管往上建造，生活在高空的人们，犹如被架空的躯壳。过去人家建造房屋，起名字也很有讲究，比如慎德堂，此名为"提醒后人，做事三思而行"。

五桂堂距离慎德堂不远，据说，这是篁岭人的祖宅，篁岭为曹姓聚居区。在篁岭民居中，五桂堂面积最大，最有讲究。老爷、太太房在楼下，小姐的闺房则在楼上。

五桂堂的二楼闺房，是典型的徽州闺房，花绷绣架、织布机等物件，把徽州闺秀的生活场景一一再现。旧时代，闺阁女子无才便是德，而徽州文化中，礼教又非常严谨，女子在家习琴棋书画、品诗酒花茶，为淑女之德。有时候想一想，尽管那生活里有诗意，却又不免徒增许多遗憾，比如爱情，比如远方。

此宅主人在二楼为小姐修建美人靠，因为在古代，闺中小姐轻易不能下楼外出，只在房里修习闺阁之艺。小姐在闺房习琴作画累了，便可倚着美人靠休息。倚在美人靠上，望着远山如云似烟，古宅错落有致，这浮生闲光阴，不知道那小姐是否会有几多闺愁，与那远山一样，让人看不真切。

继续走着，就到了怡心楼，如今，这里是婺源的婚嫁展示楼，整体布置得非常喜庆。徽派建筑讲究石雕、木雕和砖雕，其中以木雕最为精美，怡心楼门厅前的木雕窗，便是古徽州木雕的精华所在。

出了怡心楼，便到了树和堂。这是古村的一座徽建官厅。篁岭曹氏后人在外为官，回到故里，建了这座厅，既彰显身份，又为权贵人物行礼教、会宾客提供了去处。树和堂寓意家人和睦、以和为贵。

古宅、老院，历史的烟尘飞过，唯有这沉默的白墙黛瓦伫立着、沉默着，看世事变迁、人间悲欢。

无论多么富贵，钱财都不过是过眼云烟；即使生活清贫，也可以幸福快乐地度过一生。

如果平安健康，如果一生得以妥帖安放，这又何尝不是最朴素、简单的幸福呢？

篁岭村口有许多老樟树，长在山崖边，庇佑村庄里祖祖辈辈的村民。那樟树的古意让她以为光阴被偷换，古徽州的故事，正在眼前上演。

过了天街再走一会儿，便是下山的路。老樟树沉默不语，迎来送往。或许，当年生活在这里的曹姓人，也是沿着这条山路，踏出一片万里河山吧。

不知道村口的老樟树收藏过多少痴心的守望、难舍的别离。故事讲到这里，总要画下句点，无论圆满还是遗憾，都该珍惜。

待到时光成茧，山川草木会记得，他来过，你守候过。

06

山风很大，乡村巴士像长了翅膀，飞过群山和村庄。大山在身后倒退，风呼呼地吹过耳畔，心仿佛也在这山林间变得纯净无瑕。

途经江湾古村，这被称为"梦里老家"的村庄，她怎么舍得与它擦肩而过？

一只小小的红色蜻蜓，是江湾带给她的喜悦。玉立的亭、蜿蜒的桥、清洌的水、幽静的莲，入眸便是这诗画般的风景。几只红蜻蜓绕着水、围着莲盘旋，这样的美景，名字亦非常诗意——"莲花池"，婉约的江南气质，下一秒，仿佛将有一位美人迈着轻盈的步伐踏着莲叶款款而来。

这里是萧江氏聚居村落,莲花池左侧就是萧江宗祠,宗祠内供奉着萧江氏族谱和牌位。宗祠始建于明代,不过,如今看到的是2003年修缮重建后的样子,恢宏大气。

出萧江氏宗祠,江湾牌楼立在眼前,这是古村的标志。牌楼的右侧为古戏台,与别处的戏台区别并不大,就像牌楼,几乎每座古村都有。但它们又都独一无二,因为一座牌楼、一座古戏台,守护的都只是这座村庄的祖祖辈辈。

一条条古巷,一座座古宅,这里仿佛不曾被人惊扰过,甚至连她的到来都显得突兀。那些破败、落寞的古宅,仿佛迟暮的老人,坚守着传统,却又垂暮无力。

江永纪念馆只是一座萧瑟的老房子,院子小到可以忽略不计,房间阴暗、狭小,若不是那斑驳的门楼和幽窗,她会以为这是八九十年代某个老人的居所。

正堂屋按照旧时的模样摆设,八仙桌、长凳、座钟,一应俱全。这样传统的家具摆设让她感到亲切,仿佛回到了九十年代家乡的小村庄。传统的美,任何时候都不会逊色。

窗户很小,窗外的绿植把这座老房子点缀得更加有古意,<u>丝丝缕缕的光</u>,落到屋内的木地板上,散发着时间的气息。这位一生蛰居乡村、以教书为生的先生虽然已经老去,但他的灵魂不老,他惠泽乡里的故事不老。

07
汪口古村依山傍水,宛若桃源。

村口的千年古樟树，是这座古村的魂；千年古街和徽派建筑群，是这座古村的血脉；古徽州码头与潺潺的永川河水，是这座古村的浪漫。

历史记不住的，村口的樟树记得。那樟树依永川河而植，与远处的青山辉映。河水清澈，在秋风掠过的刹那，樟树叶落在河里的影子随之舞动，诠释静好岁月的意义。

村口有村民支了小摊儿，贩卖些农产品维持家用。村庄里的人，不知繁华，只守日月，也是一种人生智慧。若恰有诗性，还可吟诵一句"采菊东篱下"，与陶渊明隔着时空共情。

看看山，泛泛舟，闲时吹吹山风。

古时，永川河是重要水运通道。那个辉煌的徽商时代，店铺林立，商贾云集，船运如梭，繁华富足。如今的永川河冷清了许多，但河水依旧清澈。夹岸青山的倩影，在水中清晰可见。白墙黛瓦沉默不语，看沧海桑田岁月变迁。

汪口村是俞姓聚居地，村庄保存完整。山林、埠头、商业街、小巷、祠堂以及散落在各处的官邸、商宅、民居和书屋等，仍保持着明清风貌。她走在千年古街上，狭长的街巷坐落着人家，看着那落满风霜的一砖一瓦，有种尘埃落定的安心感。

偶遇村民，他们对她羞涩地微笑，招呼她去家里住宿、吃饭。村庄里居住的大多是老人和小孩，民风淳朴。她不由得感叹，与这座村庄的相遇，不是蓦然回首，而是久别重逢呀！

08

李坑，它的诗意是小桥流水人家、是村口的大樟树、是村尾的稻田、是青春。

这是一座李姓聚居的古村落,一条小河穿村而过,河水流淌千年,依旧清澈。村口一棵千年古樟树,庇护村庄、洒下阴凉,守望着朝朝暮暮。

稻谷成熟,风微微吹着,稻谷谦卑地低下了头。这是只属于秋天的景色,富足、愉悦。

写着"李坑"两个字的古牌坊,立在通往村庄的小路边。她对牌坊总有一种特殊的感觉,觉得这里发生过许多故事,与村庄朝暮为伴,看兴衰变迁。

在徽商文化中,牌坊似乎与家族、命运紧密相连。封建社会里,为表彰忠孝节义等品质,村民会在村头修建牌坊,号召人们以此为榜样。比如歙县鲍家牌坊群,一道道牌坊就是一个个千古传唱的故事。这些故事里,有辉煌,亦有辛酸和血泪。

李坑村口的牌坊虽然是后来修建的,但也让人心动。在山中生活,无其他琐事烦扰,耕织读书,静度光阴。古人的精神时刻提醒着今人,传统与美德生生不息。

对村口的老樟树,她总有说不出的深情。那深情,与故乡有关,与诗意栖居有关。三三两两的学生,坐在村口的老樟树下面写生。他们为村庄添上色彩,用画笔描绘着秋天的村庄,用青春书写着李坑的浪漫。村庄给了这些学生风景,这些学生也成了村庄里的风景。

许多年前,她和现在的他们一样,脸上同时写着迷茫和坚定,笔下画着不可知的未来,尽情享受着青春。她记得,自己笔下的明天是拂过衣角的风,是挂在天边的虹。光阴荏苒,成长是蓦然回首的遇见,忘却的与珍藏的,都免不了零零落落。

沿着主街行走，溪水贯通街巷，船只萧瑟，灯笼喜庆，老屋参差错落。小溪两岸大多是老房子改造的客栈，青石板纵横交错，溪与桥相互依存。小溪是村民们的生活之源，傍晚时分，他们在自家门前的小溪里洗菜，没有那么多讲究。在我看来，这种与自然、天地共存的方式，最原始也最智慧。

在溪堤，有位老人在杀鱼，几个小男孩围在老人身边，好奇又认真地看着。对村庄里的孩子来说，这也许就是童年里珍贵的快乐吧。他们没有洋娃娃，没有迪士尼，但有漫山的稻田，有潺流的小溪，这些带给他们爽朗喜悦的笑声和自由如风的灵魂。

申明亭与通济桥相连。李坑的村规非常多，如果村里有人作恶，就会在亭子中贴出告示，写明事件原委和处理办法，村子里有纠纷也会在申明亭聚众评议，解决纠纷。

李坑村民非常重视教育。据说，李坑人的祖先叫李洞，是个曾任从五品朝散大夫的隐士。他隐居于此，让儿子李仁创建了盘谷书院，非常重视教育和人才的培养，所以这里文风鼎盛，精英辈出。如今，在村里的老墙上，她看到一张红纸黑字的村通报，说村里会给予考上高中的孩子补贴学费的奖励，考上大学则奖励更多。

文曲星在道教文化中主管文运，专门管理人间读书和功名之事，所以，古时的读书人会为了考取功名拜文曲星。李坑的文昌阁，是乡人为保佑子孙金榜题名而供奉文曲星的庙宇。在古代，这里也是文人墨客吟诗作赋的地方。随着历史变迁，起起落落，如今我们看到的文昌阁已经是经过修复重建的了。

通济桥前有两条溪流，被称为"两涧流清"。其中一条溪流前方有两个石墩,因此被视作公龙,石墩为龙角。另一条没有石墩的则是母龙。两条龙在此桥处汇为一条溪流,有"双龙戏珠"的美好寓意。

按照古代风水,其实村中两水相激很不吉利,但李坑的祖先想到用通济桥锁住,再用伸张正义的申明亭镇住,也就算化解了不吉利。

通济桥往前,是村里的古戏台,相比较篁岭古戏台,李坑的更显落寞与古老。戏台四周杂草丛生,写生的学生三三两两坐在廊桥边,与古戏台一起入画。戏台的后面,是无尽的稻田和绵绵群山。

古老的东西都有灵性,那种萧条的美,有时比华丽更令人心动。繁华时不免会显得聒噪,而萧条则是干净的,人心仿佛也变得更加清澈。

沿途皆是明清古民居,那些精致的木雕、石雕、砖雕、彩绘,就像那些古老的祠堂、青石路、马头墙、天井等,在时光中自然地散发着幽幽古韵。有许多老房子如今还住着当年主人的后代,昔日的乡绅名士,留下的亦只是这一座座老宅和说不完的故事。

至村尾登上小山。稻田、错落的民居、白墙黛瓦,看上去是那样宁静祥和。这时,无论你在城市里练就了多么坚硬的心,都会被这片山水村落融化成柔软的深情。

流水、人家,自在富足的生活智慧。

这就是李坑。

中秋佳节,恰逢李坑的庆丰收舞龙盛会。

中国农民丰收节,是国家在2018年专门为农民设立的节日,定在每年的秋分时节,李坑人舞龙欢庆,让她看得暖意洋洋。

一方土地，一分耕耘。他们富足、快乐，富足来自丰收的喜悦，快乐从心底涌上脸颊。

天色将晚，随着一弯明月挂上天空，李坑的舞龙盛会拉开帷幕。村子里的男女聚在村口，小孩手中提着寓意美满幸福的灯笼，稻田在将晚的天空下散发着迷人的光泽，让马不停蹄赶路的人勒马驻足，放下负重，打开心扉。

秋天的夜风清清凉凉，如同她此刻的心情，满足、喜乐、自在、轻松。

这样的富足，无关财富、无关名利，只因为村民们脸上真诚的笑容，因为吹过稻田的风，因为风轻云淡的秋日光景。

舞龙主要是李坑人对过去生活的感恩，对未来生活风调雨顺、平安健康的期盼。

带头的是村庄里德高望重的老者，只看他挥舞着圆鼓鼓的龙头，后面的龙身则是由十几位纯朴的庄稼汉举着，农妇坐在两边的轿子里，小孩举着写着"年年有余"的灯笼兴奋地看着，巨龙的身后是几位后生在敲锣打鼓。

巨龙从头到尾由纸糊的灯笼组成，灯笼里插着赤色蜡烛，照亮了整个夜空。从村头出发前，要先连放好几挂鞭炮，鞭炮声震耳欲聋，响彻云霄。从村头到村尾，沿着青石板小路向前，龙灯时高时低，路过人家的家门前时，主人会把早早准备好的烟花或者鞭炮放好，"噼里啪啦"，迎接丰收。舞龙队伍走遍全村，家家户户的脸上都洋溢着喜悦的笑容。

她跟着舞龙队一路行进，走了很久。她多么感动啊，原来，人的快乐可以如此简单。她好像也成了李坑人，因为他们的欢喜而欢喜。不，她是成了自然的女儿，感知日月风雨，明白了所谓幸福，不过是再朴素不过的春耕秋收。

懂节气和耕种的人，才是天地的宠儿，他们知道人渺若尘埃，所以更懂得慈悲，也更加良善。他们明白秋收是春种的结果，不是刻意寻得的，而是付出便会有收获的自然规律，所以更努力，也更知足。

夜渐深，村庄归于宁静，一轮明月挂在马头墙上，把那条青石板小路照得清亮无比。田间地头的稻谷在夜里安睡，村口的老樟树在夜里安睡，村庄里的他们在夜里安睡。

她，也在夜里安睡。

晚安，李坑，谢谢你带来的静好岁月。

09

思溪延村由思溪村和延村两个村庄组成，两村由一条小河和一条小路连接。历史上，这两个村落走出过很多官员商贾。思溪村还是1986年版《聊斋》的拍摄地。

远看，思溪延村与别的徽派古村区别不大，都是明清古建筑风格，面朝溪流和稻田，背倚绵延群山。白墙黛瓦和马头墙，与自然山水交相辉映，留下光阴的斑驳痕迹。

但每座村庄都有自己的历史和文化，就像世上没有两片相同的树叶那样，世上也没有两座完全相同的村庄。走在思溪延村，看高高的马头墙映着瓦蓝的天空，马头墙与蓝天勾勒出一幅纯净的水彩画，淡雅、朴素，让人忘却凡尘浮华。

延村环山抱水，犹如一叶竹排，依偎在思溪河畔，枫树、槐树、竹林等植物把村庄点缀得更加古朴。

在网上看到过春天的思溪延村，古旧、安静，油菜花在两个村子之间，灿烂、金黄，与两村的古老民居相映，一个朴素，一个绚丽。刚下过春雨，天空还是潮湿的样子，老农肩上挑着担，头戴草帽，走在那片金黄之中。

她一下子就被这干净的画面吸引。

遥遥寻来，从早春到早秋，天空高远，油菜花田转身变成微黄的稻田，村庄还是那样古朴，却又多了几分丰盈和富足。如果说春天的思溪延村是个丁香姑娘，带着几分忧郁的美，那秋天的她就是落落大方的少女，带着淡雅的美。

敬序堂就是《聊斋》在思溪村的取景地。古宅建于清朝嘉庆年间，如今还在住人，青石板路，精美的木雕，雕刻着戏剧人物、山水鸟兽，小巧精致。虽然时光已经走远，但风华不减当年。

徽州的古村落，大都是按姓氏聚居。俞姓人在南宋庆元五年建立了思溪村。村中也有新建的房子，但依旧保持着徽派建筑的美感，每家大门上都贴着一个小牌子，上面写着家训，都是关于为人、经商、读书等方面的。她想，也许徽州人的古老文化，就是通过家训代代相传的吧！

延村的徽商很多，保留着很多徽商民居，被誉为"清代商宅群"。关于延村，我更喜欢的是它的名字——延，有延续的意思。那些在外经商的徽州人，赚了钱就回到故里建宅修院，在群山连绵的风景中，子孙绵延，福泽长久。无论是旧时的徽州，还是当下的时代，人们最朴素的心愿也不过如此，不辞辛苦地到处奔波、努力赚钱，其本质却并不是为了钱，而是一家人温情脉脉的长久喜乐。

这样想着，抬眼看到那马头墙户户相承，隔巷相对。雨天无须雨具便可以穿堂串户，这样的简单纯朴，真是最好的生活。

10

人生,是一场场的相遇,一场场的道别。所谓永恒,只是镌刻在心底那珍贵的记忆。

徽州,古老宁静的村庄,安居乐业的他们,无论是否真的会再见,她都想说,再见。

南京·缥缈金陵故梦

如果可以不考虑现实因素，自由独立、无所牵挂地活着，我想大多数人渴望的还是周游世界，过自在逍遥的日子。可生活从来都不只有阳春白雪，我们有牵绊和执念，有许许多多的放不下。可尽管如此，我们依旧会为一场旅行乐此不疲地奔波。

我喜欢旅行，因为我喜欢那个在路上清澈、新鲜的自己。旅行之于我，不仅仅是游历过多少城市的数字，更是在一成不变的生活中，寻找突破与惊喜的方式。

这次旅行，尽管只是从苏州到南京，距离近、时间短，但陌生的城市和风景已经足够令我期待。

南京刚刚下过雪。当火车停靠在南京站时，我看到植物上覆盖了薄薄一层积雪，应该是前一天夜晚留下的。原本萧瑟的植物因为这白雪的点缀，添了几分清秀和灵气。

相比苏州，南京更冷一些，温度达到零下，地面上有水的地方结了冰。

我决定先去游览玄武湖公园。走出地铁的一刹那，眼前的土地银装素裹，又夹杂着江南冬天的微绿。南方的雪，轻盈而缥缈，没有北方大雪的厚重。这里虽然已不是旧时的金陵，但是在雪的掩映下，南京有一种古意，那古意来自它作为六朝古都的沧桑，也来自这座城市的一草一木。

树的枝干已经干枯，上面高高地擎着昨夜的积雪。洁白的雪与墨色的树枝相映成趣，有一种倦鸟归巢的温暖与安稳。低矮的松树上，同样盖着层层叠叠的白雪，白绿交会，又给人一种蓬勃向上、欣欣向荣之感。

玄武门在正前方。此玄武门与历史上著名的玄武门之变并无关系，那道门是位于西安的玄武门，是大唐历史上的一抹记忆。而南京的玄武门是南京明城墙的后开城门，原来叫丰润门，不过，我更喜欢"玄武"二字，因为"玄武"这两个字更突出它的厚重感，正如南京这座城市，提及它，总也绕不开历史。

走过玄武门便看到一大片湖水，远山朦胧。这边便是玄武湖了。

雪后的玄武湖更加明净，有种不染尘埃的纯洁。湖水波澜不惊，积雪薄薄地覆盖在湖边的绿草地上，远山的倒影投在水中。踩着积雪，远眺湖景，呼吸的仿佛不是空气，而是热爱与温柔。现在拥有的一切，已然是人世间最珍贵的美好。

除了玄武湖，公园里还总能偶遇其他小惊喜。残余的枫叶映着白雪，让人分不清此时到底是秋天还是冬天。蜡梅在枝头绽放，小小的黄色花朵在寒冷的天气里更显冰清玉洁，散发着淡淡的香气。不肯离去的夏荷，送来一池凋败，宛若一幅水墨画。悬在拱桥上的冰凌，有种君临天下的霸气。那梳着羊角辫、穿着红棉袄的小姑娘,正在和刚堆好的小雪人说悄悄话,小雪人的眼睛是一朵小花……

　　生活本来平淡,正是因为有了这些小小的惊喜才有期待。渴望在路上,不是想追寻海角天涯,而是希望能不断发现、捡拾散落在路上的小幸福。雪慢慢融化成雨,初见时的静谧古朴,此刻回归于朴素的人间烟火。玄武门,成了我笔下的一个名字、记忆里的一段金陵故梦。

开封·红尘之外的烟火气

"低矮旧楼被雨水洗刷成暗色,路边耸立的广告牌上,词汇带有时光倒退三十年的落伍气息。"

这是安妮宝贝的小说《春宴》中描写的城市风貌,带着热烈的烟火气,又在烟火红尘之外,很快地就把人带入到一个神秘的世界。

开封,八朝古都,就有这样的城市气息。它是一座没落的帝都,风华绝代过,如今,留给后人的只是北宋的文明和宋词的迤逦。

古城很旧,低矮的楼房充斥着破败,但它却可以在破败中开出一朵幽静的花。这花,是从北宋时一路盛放而来,是李清照的"藕花深处",是李后主的"菊花残"……

生活在这座古城的人,慢得像一阕词。天气阴郁,行人缓缓。冒着乳白色热气的灌汤包子,既朴实又亲切的河南话,和天空一样阴郁的灰色调建筑。修缮后,古老的门楼金碧辉煌,不远处,电线随意地散落在杆上,有种"剪不断,理还乱"的杂乱美。

它比不了大城市的秩序和文明,但它有小城市的烟火和日常。

01

住在解放大道上，酒店装潢很清新，与它的名字正相配："三色堇"，如爱情的味道，浪漫、温柔。房间在四楼，是白色主题房，淡蓝色与乳白色交织的色调，让人感到踏实。

哪怕是冬季，开封的夜市依旧红火。出酒店，沿着解放大道向前，走进鼓楼街，就到了鼓楼夜市。这里是游客常来的地方，晚上的鼓楼，熙熙攘攘，灯光齐刷刷地亮起来，让人恍惚。繁华与热闹，这是北宋还是今夕？都是，都不是，这只是生活的一个缩影。

一笼灌汤包、一个羊肉炕馍、一碗杏仁茶，如果还不过瘾，那就再来一个驴肉火烧、一碗炒凉粉，价格便宜，味道也美。听一听卖灌汤包老板的吆喝："来哟，正宗的开封灌汤包！"看一看眼前灯火辉煌的鼓楼，檐角流彩、灿若烟霞。生活竟可以如此活色生香，别管明天醒来会在哪里，今朝相聚今朝乐。

"穆氏桂英，谁料想，我五十三岁又管三军……"

熟悉的旋律飘进耳朵，吃饱了走累了，上大宋戏楼歇歇脚吧。听一曲豫剧，心情好了再点一曲，茶水、瓜子、糖果，慢慢悠悠，在戏曲里品人生，在人生中唱戏曲。

夜渐深，披一身月光与灯火，走在回去的路上。冬天的夜，寒风刺骨，行人寂寥。此刻的古城，以一种垂暮的样子道着晚安。

晚安。

晚安。

02

开封，这座古都依黄河而生，然而，这条母亲河对开封似乎并不友好。世界上再没有任何一座城市，屡屡遭遇水患，又屡屡重生。

洪水淹没了城市的繁华，把那些久远的故事一并淹没到地下。开封还是中国最富庶的魏都时，王贲引水灌大梁城，一座繁华的都城成为废墟，大梁风华随着黄河水流走。

经历魏晋南北朝，隋唐盛世，五代十国，宋州归德军节度使赵匡胤称帝，开启了宋朝的繁华序章。开封成为大宋的都城。

后世人对开封的情结，大多源于那个诗意富庶的朝代——大宋。大宋时代的繁华，可从宋朝孟元老的《东京梦华录》里读到，可从宋朝张择端的《清明上河图》中看到，还可从苏轼、辛弃疾、柳三变、晏殊、李清照等人的词中遇见。

物极必反，盛极必衰。繁华热闹之后，终究会走向悲凉。金军袭击中原，铁骑一次次践踏中原河山，攻破宋都开封，俘获宋徽宗、宋钦宗以及后妃贵戚。后又经历无数掠夺、杀戮、战争，直至崖山海战后，南宋灭亡，整个宋朝的繁华，至此结束。

开封，这座曾经"都城左近，皆是园圃。次第春容满野，暖律暄晴，万花争出粉墙，细柳斜笼绮陌。香轮暖辗，芳草如茵；骏骑骄嘶，杏花如绣"的城市，像一位迟暮的英雄，经历金元的无情洗劫，富甲天下已成为过往。

这还不算，到了明代，黄河的大水再次淹没开封，让这座只想退隐好好过日子的城市，又陷入毁灭。历史的变迁，朝代的更替，最受伤害的是一座座城池，还有安稳度日的城中人。

黄河是我们的母亲河，可是，当母亲发怒的时候一样严厉。决口的黄河水奔腾而至，整座开封城淹没于水下，成为一座废墟，那些名胜古迹、人文历史，皆成为地下的一捧黄沙。

明末水淹开封城之后，这座千疮百孔的城市，先后又遭遇多次黄河水患。尽管比起前面的几次危害相对较小,但也让这座古城雪上加霜。

灾难虽然无情,但只要人类还有勤劳与智慧,终会劫后重生。当你走在今日的开封古城,所见所闻,既古又新。埋在地下的我们永远记得,重新修缮的我们珍惜。历史无可更改,富足与幸福的安乐生活,却可以继往开来地去创造。

03

那些雕栏玉砌、流光飞檐,是昨日的汴梁、东京、开封府,也映照着今日的开封。

清明上河园是依据宋朝张择端的名画《清明上河图》实景修建而成的。公园靠着龙亭湖,隔湖远望,就是龙亭公园。北宋时的皇城就在此处,只不过被大水淹没之后只剩下遗址,在这之上修建成龙亭公园。

清明上河园再现大宋都城的市井风貌、民俗风情、皇家园林之华贵、古代娱乐之精彩。

那几日正值降温,河南大多数地区都下了大雪,无法出门。好在开封城只下着小雪,轻盈飘逸。虽然没有下大雪,但天气依旧寒冷,站在清明上河园门前等待排队,寒风刺骨。这种熟悉的冷,从我出生到离开故乡的那二十年间,每年冬天都可以感受到。

忽然想起南唐后主李煜。当年他国破山河亡,在大宋的都城过着阶下囚的生活。北方的冬天,他是否也感到了刺骨的冷?他是否会怀念他的南唐,怀念南方的温暖诗意,怀念"晚妆初了明肌雪,春殿嫔娥鱼贯列",怀念"凤阁龙楼连霄汉,玉树琼枝作烟萝"?会的,会的。要不然怎么会有"梦里不知身是客,一晌贪欢。独自莫凭栏,无限江山",怎么会有"问君能有几多愁?恰似一江春水向东流"?

我没有"恰似一江春水向东流"的哀愁,因为这是北方,是我的故乡,尽管寒冷,却是心安。

上午九点,清明上河园以包公迎宾作为开场,推开大宋的城门。擂鼓礼炮响彻云霄,开封府尹包拯奉旨领文武百官,设皇家仪仗,行开园大典,迎四海宾客,共享人间富贵。那一刻,仿佛真的梦回大宋,到了那个繁华热闹的盛世。

虽然是后修的公园,但你走在园内,依然可以感受到宋朝的富足。寒冷的冬天,草木萧瑟,但因为正值春节,公园里喜气洋洋,张灯结彩,暖意融融。

作为八朝古都,果然不同凡响。如果是春夏,这里应该还会草木丛荫、河水青绿,会更有一番情调。据说秋天最美,且不说其他繁华,就看那"满城尽带黄金甲"的菊,就足以让你入梦痴痴。

虹桥横跨在汴河之上,桥似一条彩虹,在汴河上冉冉升起,桥上走马过人,桥下载舟行船。汴河在北宋时期是要道,汴河舟船往来密集,商贾云集,河两岸繁华盛景,一派国泰民安。

跟着导游图一步一景,来到园内最高的建筑拂云阁。不知若是晴空万里,站在阁的顶端,是否可拂云作景。"拂云阁"的名字,据说有两个含义,云代表清净,拂云即说阁高入云端,有一种仙境之美。拂又有吹拂的意思,往事如云烟,历史的烟尘拂过,那些繁华与灾难,都只留为记忆。

园内建筑的名字都很好听:上善门、水心榭、丹台宫、茗春坊、每一个名字念出来，都像生活在大宋，生活在婉转美妙的宋词里。

看，大宋风景；听，千古佳音；观，市井生活；感，历史兴衰。打盘鼓，走高跷，汴河上的漕运景象，楼船往返，盛世风光。朴拙之器，演绎华夏之音，传承泱泱五千年文化。"昔我往昔，杨柳依依；今我来思，雨雪霏霏"，广袖飞舞，似梦翩翩。风趣斗鸡，戏里人生。旧式招亲，儿女情长。亦真亦幻，眼见不一定为实。十年寒窗，一朝举中。舞文弄墨，才子少年。梁山好汉，快意恩仇。金戈岁月，战马嗒嗒。赵宋盛世，一朝散去。

铺开一展清明上河长卷，我们依然可以看到那个锦绣王朝，富庶繁华、流光溢彩、歌舞升平。还原一段过往，回到北宋，叹一声，光阴如歌。

历史在前进，但后人一定会记得，有个朝代，叫宋。

镇江·千年的故事，青石板上的足音记得

一座城，一场邂逅，一段故事。古老、现代、诗意、繁华。每一座城都有它独特的气质，这气质里，藏着居住在这座城中人的生活方式，亦是这座城的灵魂之延续。

镇江，它不大，但它恬静且古老。

苏州到镇江一个小时高铁，"咻"的一下，就从这座城到了那座城，甚至还没来得及细细欣赏沿途的稻田、村落与花开。旅行带给我的是一种意象的美，这种美很难具体表述，故而，若你问我为何走在路上，我的回答是，当你走在路上时便有了答案。

决定去镇江，是因为半个月前，我从苏州去济南，高铁上一路播放着《坐着高铁去旅行》的宣传片，其中有一个片段是镇江。我记得，在那几分钟的短片里，一个清瘦的男子，脖子上挂着一个相机，行走在西津渡的古街上，那样安静，那样迷人。

我太深爱古街古巷。"去镇江。"于是，我告诉自己。

济南回到苏州不久，约了好友便踏上了开往镇江的高铁。

镇江真是一座迷人的小城，车站的人稀少，一种踏实的生活气息

扑面而来。到一个新的地方，若要感知这个地方独有的气质，一、去这座城市的博物馆；二、乘坐当地的公共汽车；三、与当地人攀谈。

公共汽车缓缓地开出车站。沿途梧桐树浓密高大，阳光落下来，斑驳的树影洒在车窗上，逢早秋，稀稀落落的梧桐叶在马路两旁的人行道上随意散落，使光阴变得宁静、温和。车厢里的人亦不多，很少有人来这座城市旅行吧，偶尔听着车厢里的人的攀谈，听不懂的当地方言。

生活在这样的小城真好。

岁月静好的模样。

与朋友轻轻地交谈，表达着对这座城的初认知。我与朋友都喜爱小城生活，所以，对此我们有许多共同观点。一场好的旅行，不仅取决于自身对世界的爱，还取决于和你一同旅行的人。试想，如果一个人爱着山河草木，一个人却热衷繁华商贸，那么，两个人一起去旅行，大多数时候会不得欢喜。

在人民街站下车，走在伯先路，一刹那，觉得这就是我想要遇见的镇江。

充满古意的一条街，道路一侧是伯先公园，还有总商会旧址、广肇公所旧址、江南饭店旧址等一些老的建筑群，另一侧是待拆除的居民区，大大的"拆"字，以及"危险误入"的字样，醒目地立在巷子口，许多老屋已经残破不堪。

这破败古老的气息有致命的诱惑，至少，对我来说是这样。走在树荫斑驳的老街上，恍若是落后于这个时代的人。那些青砖，落满时代的故事，那些柱头、雕花，记录着往事旧梦。

从伯先路到迎江路一路，分别坐落着镇江博物馆、旧时的镇江英国领事馆等建筑，继续拾阶而上，来到西津渡古街。

西津渡古街有着千年历史。砖青色的气质，飞阁流丹的繁华，似乎都在诉说着这条古渡的往事。古街保持着旧时青石铺就的街道、元代的韶关石塔，还有一些旧时老屋，仿佛一眼便可望见千年繁华。

西津渡依山而建，北宋词人王安石行至渡口，长江水在脚下滔滔流过，情至深处，写下传唱至今的佳句："京口瓜洲一水间，钟山只隔数重山。春风又绿江南岸，明月何时照我还？"

曾经的西津渡，是古老的渡口，迎来送往，离别归来。如今的西津渡，存放着安静的寻常日子，开一家锅盖面小铺，经营着柴米油盐的生活，朴素、简单。

千年的故事，踏足在青石板上的足音记得。

镇江，我来过。

泰山·这世间，唯山河永恒

一秒即永恒

登泰山而小天下。早在一千两百多年前，有个叫杜甫的诗人，站在泰山脚下，发出"会当凌绝顶，一览众山小"的赞叹。

每一座山，每一条河，每一片稻田，每一座村落，都有它独一无二的美。泰山俊而高，这与我常见的南方山脉有所不同。南方的山，多清丽，是小家碧玉的美；北方的山，则有着高山大河之壮阔。

汽车在盘山公路上行驶，曲折、蜿蜒，山风从耳畔呼啸而过。崖，越来越深；山，越来越高，天空明净又祥和。人在山中，心绪都会无尘许多，只有绝妙的自然，不说一言，却胜似万语。

山崖峭壁，石缝里汩汩山泉流过，树木丛生，野花自在绚烂。沿途的每一分每一秒都充满惊喜。遇山、遇水、遇人群，大多是这一生唯一的遇见。这让我懂得珍惜，下一秒，我们将汇入人海，成为陌路，那就在相逢时，给予深情，才不枉费这万分之一的擦肩。

抵达山顶时，下起小雨，高空索道在雾蒙蒙的山崖间穿梭，上山下山的行人依然如织。风很大，我只穿了镂空薄毛衫，山风的凉直逼身体，雨打湿了裙摆，风吹乱了衣襟。

但那一刻，内心欢喜，为这不期而遇的奇妙风景。

雨丝落入山中，朦胧了远处的山峰，如云雾，缥缈、虚无。唐代诗人王维写雨后山中秋景，我最爱他那句"空山新雨后"的意境，恰逢秋季，望着远山，便有了诗情画意。层层叠叠，雨雾萦绕，山下的城市隐约可见。因这雨，又因站在山顶，平日里匆忙的城市这时仿佛着了面纱，呈现出宁静古朴的状态。

其实，那日我希望能够看到山中晚霞，那明媚、壮阔的美，早已让我心动。但旅行中总有意外，天公想要给我的是另一番景趣。所以，意外有时候并非就是遗憾，而是另一种美丽。

世事从来都有它自己的轨迹，行在人世间，我们要做的只是以平和心待之，对万事万物满怀期待，但不刻意为某一目的，总有欣喜与你相逢。

夜渐渐来临，山色的奇妙变化就在那一瞬间。先是云雾般的淡蓝色，渐渐转为幽蓝，直至夜幕降临，城市灯光点缀着漆黑的山夜。你若感知到自然，一定会为之动容。

夜晚，山里更冷，雨停了，除了住的宾馆附近，四周是一望无际的黑，无星光，无月光。租了军大衣，在宾馆外面的小吃街吃了晚饭，走到一处山崖边，方才的热闹街区抛至身后，倚着崖边的石栏杆，只听得见山风滑过树叶的呼呼声。

一只黑色的野猫钻过杂木树林，从石栏杆边一跃而下，我真担心它会摔下去，但以它敏捷的身手，大概是我多思了吧。山的下面，城市已亮起万家灯盏，明明灭灭。山顶的灯光，略显得清冷，山下城市的灯光则繁华许多。

"一秒即永恒。"我似乎体会到这句话的深意。

山中小半生，是我梦之所及的生活，与山谷为伴，修院筑梦，识草木，闻风雪，深居简出，心性清明。回转思绪，此刻我亦知足，只不过匆忙的生活过久了，总要有片刻的抽离，静心独幽，不问往昔。过后，依旧热腾腾地生活，方可自在。

见山见水见自己

这次抵达泰山，午后为看晚霞，清晨为看日出。只是，天公有它另一番安排，晚霞化作雨中的朦胧山河；日出，则隐于茫茫云海之中。

那一场雨，在第二天清晨送来云海景观。雨后初晴，雾气萦绕在山峰上。若隐若现的山峰，抬眼是望不到边的天际，深蓝、浅蓝，宛若一幅丹青长卷，不由得惊叹，江山如画。

玉皇顶是泰山最高峰，历代君王登临泰山，俯瞰天下，举行封禅大典之礼。五岳独尊的石碑立在玉皇顶东南处，游人排队等待合影。

站在山顶岩石上，一览远山云海，犹如置身云端。此刻，心谦卑且渺小，人生所遇的纷纷扰扰，不过是沧海一粟。

山中光阴，日月长。宗庙、殿堂，在泰山之巅屹立，如筑在云层里的天宫，清冷、幽静。

在《空谷幽兰》这本书里，作者记载了中国的隐士文化。隐士，多居山，修禅问道，朴素清寂。而今身在山中，不免想起他们。中国自古就有一些心性高洁之人，居山中、筑茅屋、修篱院、开荒地、自给自足，以琴棋书画为乐，以草木山河为依，修身养性。

时光流转，朝代更替，如今的我们，生活在开放、公平的新世纪，科技、工业快速发展，生活在这个时代的我们也马不停蹄地向前。但是，那一座座山，它就在那儿，你来与不来，它都静默不动。

心有桃源，无论在何处，都会有一份闲隐的情怀。在热闹的尘世间如鱼得水，亦可在清寂的山水中怡然自得，是谓隐士精神。

山河、草木，最是无言与深情。人生于世，总会遇到一些狂妄之人，在我看来，人皆渺小，我们只是漫漫红尘中的一粒尘埃，甚至不如山间的一尊岩石。岩石尚可永恒，而我们，多不过寥寥百年。所以，在有限的人生里，我们要怀着敬畏之心，怀着谦卑之情。

见山见水，终是照见真实的自己。